O CARRO DO ÊXITO

OSWALDO DE CAMARGO

O carro do êxito
Contos

Prefácio
Mário Augusto Medeiros
da Silva

Ilustrações
Marcelo D'Salete

Copyright © 2021 by Oswaldo de Camargo
Copyright das ilustrações © 2015 by Marcelo D'Salete

*Grafia atualizada segundo o Acordo Ortográfico da Língua Portuguesa de 1990,
que entrou em vigor no Brasil em 2009.*

Capa
Alceu Chiesorin Nunes

Ilustração de capa
Marcelo D'Salete

Preparação
Tatiana Custódio

Revisão
Fernanda França
Márcia Moura

*Os personagens e as situações desta obra são reais apenas no universo da ficção;
não se referem a pessoas e fatos concretos, e não emitem opinião sobre eles.*

Dados Internacionais de Catalogação na Publicação (CIP)
(Câmara Brasileira do Livro, SP, Brasil)

Camargo, Oswaldo de
    O carro do êxito : Contos / Oswaldo de Camargo — 1ª ed. —
São Paulo : Companhia das Letras, 2021.

    ISBN 978-65-5921-338-2

    1. Contos brasileiros I. Título.

21-70840   CDD-B869.3

Índice para catálogo sistemático:
1. Contos : Literatura brasileira   B869.3

Maria Alice Ferreira – Bibliotecária – CRB-8/7964

[2021]
Todos os direitos desta edição reservados à
EDITORA SCHWARCZ S.A.
Rua Bandeira Paulista, 702, cj. 32
04532-002 — São Paulo — SP
Telefone: (11) 3707-3500
www.companhiadasletras.com.br
www.blogdacompanhia.com.br
facebook.com/companhiadasletras
instagram.com/companhiadasletras
twitter.com/cialetras

À *memória do professor Florestan Fernandes,*
para lembrança do poeta e ativista negro Oliveira Silveira.

Ao Cuti (*Luiz Silva*)*, poeta e amigo.*

Sumário

Prefácio — Buscas na vida rota, Mário Augusto Medeiros da Silva, 9
Nota do autor, 17

MENINO DO OBOÉ
Cadê o oboé, menino? Toca aí o oboé!, 21

CHÃO DE UM PRETO
Maralinga, 43
Niger, 48
Negrícia, 52
Por que fui ao Benedito Corvo, 61
Genoveva, 68
Medo, 72
Louçã, 79
Família, 89
Civilização, 95
Negritude, 106

Esperando o embaixador, 110
Eh, Damião!, 121
Plebeia, 126

Notas, 139

Prefácio

Buscas na vida rota

Mário Augusto Medeiros da Silva

O carro do êxito é a imagem de uma condução cheia de obstáculos e esperanças, de personagens que querem descobrir o que é possível ser na vida, apesar dela. Isso seria tema corriqueiro caso essas existências não fossem negras e vividas no Brasil. Assim, tais buscas existenciais têm que se confrontar, individual e coletivamente, com fantasmagorias do passado e do presente que assaltam a razão de viver, apostas de futuro, nas jogadas mais simples ou nas cartadas mais altas. Apesar de começos difíceis e desenrolares nem sempre à altura de suas próprias expectativas, as personagens insistem, e a cena do existir é aberta e móvel.

O universo infantojuvenil, mencionado tantas vezes ao longo do livro, em ambientes interioranos ou de clausura, encontra-se com o do adulto, com suas aventuras e desilusões, passadas na metrópole. Por fim, a velhice é alcançada, com não menos desapontamentos. A voz narrativa privilegiada é da primeira pessoa e, na leitura, somos colocados no centro das experiências das personagens negras, no mundo dos brancos, no mundo dos negros, nos complexos cruzamentos que tais mundos vão assumindo pelas experiências dos sujeitos. A reiteração da palavra não é por falta de sinônimo. Os espaços negros e brancos se movem em atração e repulsão constantes, lado a lado, misturando-se apesar de tanto esforço para, especialmente do lado negro, procurar se isolar em lugares menos inóspitos. Mas estes não existem: as personagens estão condenadas a viver e a tentar descobrir de que espécie de elementos elas são feitas e se serão capazes de vencer na vida — a vida negra, no mundo dos brancos, que também é o seu, apesar de tudo.

Os narradores são, em essência, andarilhos, atravessados por deslocamentos, que são tanto físicos e geográficos — mudanças de casas, de cidades, em orfanatos, em apadrinhamentos para aposta numa vida melhor — quanto pela sensação aparente de estar fora de lugar, de não se sentir à vontade nos espaços que ocupam — no grande centro urbano, nos contatos do mundo dos brancos, por vezes explicitamente chamados de *Neurotic's House* em meio à "Civilização". São sujeitos que procuram. E nessa busca incessante desse lugar ao sol, ou ao resguardo dele, exigem explicações para um estado de coisas e sentimentos do espírito que, quem sabe, somente um preto velho como Benedito Corvo seja capaz de explicar. Ademais, o deslocamento aparenta se resolver temporariamente quando a coletividade negra opera como lugar de aconchego, como "Família", capaz de fornecer remendos à vida rota, pistas para quem trafega no carro, em busca do êxito. Tudo aparência, tudo circunstância, uma vez que as coisas não se resolvem assim, e Camargo é desconcertante ao explicitar que também esse lugar de acolhimento negro pode ser um jogo fechado, com cartas já marcadas para quem "chegou lá", nada inclusivo, especialmente quando se está "Esperando o embaixador" ou quando se é um "Damião". Sujeitos fora de lugar, mesmo que este lhes soe familiar.

A primeira edição do livro saiu em 1972, pela Livraria Martins, mesma casa editorial que publicara *Lira paulistana seguida de o carro da miséria* (1945), de Mário de Andrade, a que o título de Camargo se contrapõe. Algum comentário é importante acerca daquela edição: na capa, assinada por Genilson, aparecia um jovem negro de cabelo grande, estilo *black power*, sorridente, que dividia o desenho com o semblante de um homem, negro, de óculos e gravata, talvez um pouco mais velho, de perfil indefinido. Na contracapa, o jovem autor, aos 36 anos, de olhar fixo e sério, em terno e gravata. Essa atenção aos detalhes da primeira edição é importante pelo impacto visual, literário e político que a obra foi capaz de mobilizar entre alguns de seus leitores. Atente-se também ao contexto: foi publicada, com esse tema e marcas, num dos momentos mais brutais da ditadura civil-militar, que se recusava a reconhecer a existência do racismo e da discriminação contra negros no Brasil, enaltecendo, em vez disso, o mito da democracia racial.

Ainda houve uma segunda edição do livro, pela editora Córrego, em 2016, quando então o autor modificou ou acrescentou contos, como "Menino do Oboé" (originalmente "Oboé", em 1972), a parte "Chão de um preto", "Eh, Damião!" (originalmente "Damião", em 1972) e "Plebeia"; ou os excluiu, como o caso de "Deodato". Além disso, na capa da Córrego, assinada pelo artista Marcelo D'Salete (que também fez as ilustrações internas, reproduzidas nesta edição), há uma remissão interessante à obra de estreia de Camargo, *Um homem tenta ser anjo* (1959), livro de poemas de dramas existenciais e religiosos, seguido por 15 *poemas negros* (1961), publicado na série Cultura Negra, da Associação Cultural do Negro (ACN), e prefaciado pelo sociólogo Florestan Fernandes, marcado pela experiência da vida negra e pelo espaço associativo.

Tanto pela maneira como *O carro do êxito* se apresentava fisicamente, em particular em 1972, como pelos temas tratados,

Camargo se mostrava como um elo entre gerações, um autor em que a matéria literária trabalha constantemente com a memória coletiva negra no século xx. E tal memória atua como um quadro de referências, cuja leitura serve ao presente, em particular de leitores negros, para seu deleite e reflexão. Naquelas edições, como nesta da Companhia das Letras, isso se mostra importante. As notas explicativas a leitores do presente, acerca de fatos, associações, personagens reais que por vezes desconheçam, se mostram fundamentais, na visão do autor, a fim de que a experiência de leitura entenda que ele narra um tempo de sujeitos e questões de um mundo, um Brasil e uma São Paulo próximos e distantes, feliz e infelizmente, revividos na memória que se assenta numa experiência concreta. Se o recurso é literariamente necessário, os leitores dirão. No entanto, ele não prejudica a viagem pelas páginas, mas a qualifica, e alguns apontamentos podem ajudar no porquê.

O escritor Luiz Silva, Cuti, um dos criadores da longeva série Cadernos Negros, junto com Camargo e outros escritores, que a partir de 1978 edita ininterruptamente contos e poemas afro-brasileiros, relembrou em entrevista a Verena Alberti e Amílcar Pereira, no livro *Histórias do movimento negro no Brasil: Depoimentos ao CPDOC*, o impacto de ver a edição numa livraria em Santos e o quanto foi decisivo em sua formação encontrar um livro escrito por um homem negro, com temática negra, com aquela capa e contracapa. Na ocasião em que se criou a série Cadernos, Camargo era o elo com o passado da ACN (1954-76), importante organização paulistana da qual participou desde 1956, com dezenove anos, até 1964, dirigida aos jovens então na casa dos vinte anos que criavam literatura negra no final dos anos 1970. Ele seria igualmente importante, no contexto da ditadura civil-militar, pela criação da seção "Afro" do jornal *Versus América Latina*, de Marcos Faerman, incluindo aí a literatura negra brasileira e algo de África e das lutas naquele continente, além de seus autores.

Por meio de Oswaldo de Camargo e outros intelectuais e ativistas mais velhos, a jovem geração de intelectuais negros paulistas dos anos 1970 podia ter acesso ao passado das lutas e conquistas negras coletivas, como a Frente Negra Brasileira (1931-37), a ACN, os espaços de sociabilidade que "a raça" (como se dizia) logrou criar no passado para se divertir, lutar, sonhar, viver. Os jornais da Imprensa Negra paulista e de alhures; as histórias de militantes mais velhos, da mesma geração do autor ou das anteriores — como José Correia Leite, Arlindo Veiga dos Santos, Raul Joviano do Amaral, Francisco Lucrécio, Carlos de Assumpção, Eduardo de Oliveira, Fernando Góes, Bélsiva, Nair Theodora de Araújo, Jacira Sampaio, Theodosina Ribeiro, Pedrina Alvarenga e outrem —; os projetos encetados de jornais e publicações de revistas (que o próprio Camargo chegou a conhecer ou nos quais trabalhou, como a série Cultura Negra, *O Mutirão*, *Niger, Novo Horizonte*); os clubes de leitura e de esportes, de sociedades de bailes; os projetos políticos; o impacto do Estado Novo e do golpe de estado civil-militar de 1964 na comunidade negra; as homenagens a personalidades negras do passado e do presente — as rondas ao túmulo de Luiz Gama, as "noites" à la Cruz e Sousa, Machado de Assis, José do Patrocínio, organizadas pela comunidade negra; a recepção a Carolina Maria de Jesus e seu *Quarto de despejo* (capa do *Niger*, jornal da ACN, edição de setembro de 1960, do qual ele era o editor); o movimento da *Négritude* literária, que o autor conhecia, levando-o a ser publicado na revista *Présence Africaine*, em um número organizado por Léon-Gontran Damas; a aproximação com intelectuais, ativistas ou estudantes africanos, em São Paulo, na efervescência das lutas por independência anticolonial, tomando contato com o Movimento Popular de Libertação de Angola (MPLA) através de Paulo Matoso dos Santos Neto; ou a literatura anticolonial de Noémia de Sousa, poeta moçambicana. Foi nesse mundo negro que ele viveu, ao passo que também foi funcionário, por décadas, do jornal *O Estado de S. Paulo* e frequentador assíduo da biblioteca municipal Mário de Andrade, vivendo diferentes aspectos de uma existência literária e algo boêmia.

O acesso às obras escritas por intelectuais negras e negros, nacionais e estrangeiros, por meio de sua biblioteca pessoal, recheada também de obras de autores não negros que lhe são caros, faz com que, para além do espaço da militância, Camargo seja constantemente procurado para pesquisas acadêmicas. Seus trabalhos como investigador e antologista da literatura negra também se tornaram incontornáveis para quem se interessa pelo tema, por meio de obras como *O negro escrito* (Imprensa Oficial do Estado, 1987) ou *A razão da chama* (Edições GRD, 1986). De maneira prolífica, o escritor publicou mais recentemente, pela Ciclo Contínuo Editorial, estudos sobre Lino Guedes e Mário de Andrade, chamando atenção em ambos os casos para a dimensão da condição negra e as polêmicas em que se envolveram. Na mesma editora também publicou um começo de sua autobiografia, *Raiz de um negro brasileiro* (2015). Esse trabalho ininterrupto da pesquisa literária e da escrita ficcional também o alcança em suas atividades recentes junto ao Museu Afro Brasil, de São Paulo.

Mas o que isso tem a ver com *O carro do êxito* e outras de suas produções literárias? Esses personagens que buscam — e que por vezes reaparecem em diferentes contos — estão circulando e vivendo em espaços tão diversos como seminários religiosos, fazendas de café, boates e danceterias, botecos pés-sujos, conservatórios musicais, congregações religiosas, livrarias e bibliotecas, reuniões políticas, escolas e universidades, protestos de rua (inclusive assinando manifestos públicos, como o do *Ano*

70 *da Abolição*), associações negras, zonas de prostituição, redações de jornais, bairros pobres e ricos, casebres e mansões. Estão frequentando classes sociais distintas, nas condições que lhes são dadas viver, de maneira sempre inconformada com as tentativas de subalternização que lhes são impostas, meditativos sobre sua condição humana, sobre sua experiência negra — senão reivindicando explicitamente seus direitos, conhecedores deles, e buscando o êxito na existência. São, portanto, personagens da experiência da modernidade brasileira, labutando e fabulando várias décadas após a Abolição, a caminho da cidade grande ou já na metrópole paulistana, construindo sua vida e a dos seus, com as contradições contextuais e as suas próprias, mas de forma insubmissa. Uma modernidade negra brasileira, da qual *O carro do êxito* revela um mosaico de personagens e narrativas encantadoras.

Nas ocasiões que entrevistei Oswaldo de Camargo ou com ele estive, ficou patente a preocupação do autor com os dramas da memória negra e da sua narrativa no Brasil. "Negros têm um péssimo defeito", ele me disse numa dessas vezes: "morrem cedo e sem deixar memórias." O péssimo defeito individual de não registrar a própria vida também pode ser agregado pela horrível experiência social de viver como um negro em nosso país, com os índices de violência e extermínio gritantes de mulheres e homens, de diferentes gerações e condições sociais, pelo fato de serem negras e negros. À desaparição física, geralmente de forma violenta, acrescenta-se outra igualmente brutal forma de destruição: a morte da memória individual e coletiva. Pode-se dizer que pessoas negras morrem, pelo menos, duas vezes na nossa história social.

A experiência negra brasileira, apesar de tudo isso, vive e resiste, dia após dia, e felizmente continuará, sob diferentes formas, a perseverar. *O carro do êxito* é um testemunho desse paradoxo, de afirmação em face da dupla morte, em momentos importantes da história social brasileira, seja em 1972, 2016 ou 2021. Não foram nem têm sido tempos fáceis para a vida brasileira, em especial a negra. Reeditado para leitoras e leitores do presente, que poderão ter acesso à sua obra e se emocionar com experiências do passado, que muitas vezes não são dadas a conhecer e referenciar em razão de preconceito e obscurantismo, Oswaldo de Camargo é um mestre da narrativa breve, da literatura negra brasileira, da qual seu livro é exemplar, e sua batalha é longeva, digna e insubmissa.

Nota do autor

Talvez interesse a alguns leitores a ambientação ou época dos textos que compõem este livro, visto que há neles, por vezes, ingredientes que caracterizam o que vem sendo chamado de autoficção (momentos e circunstâncias do percurso de vida do autor inseridos na ficção).

Neste contexto, seguem:

"Cadê o oboé, menino?" — Mineu (SP), 1942-1960
"Maralinga" — Bragança Paulista (SP), 1942
"*Niger*" — São Paulo (SP), anos 1960
"Negrícia" — São Paulo (SP), anos 1970
"Por que fui ao Benedito Corvo" — São Paulo (SP), anos 1970
"Genoveva" — Bragança Paulista (SP), anos 1940
"Medo" — Poá (SP), 1947
"Louçã" — São Paulo (SP), anos 1960
"Família" — São Paulo (SP), anos 1960
"Civilização" — São Paulo (SP), anos 1970
"Negritude" — São Paulo (SP), anos 1970

"Esperando o embaixador" — São Paulo (SP), anos 1970
"Eh, Damião!" — São Paulo (SP), anos 1970
"Plebeia" — anos 1930

MENINO DO OBOÉ

Cadê o oboé, menino? Toca aí o oboé!*

Dizem que tem um som bucólico, mas minha vida pinta também o som dele; então não é só bucólico...

I

Em minha cidade — Mineu —, pequeno ainda, desviando-me de empecilhos para encontrar meio que me resgatasse de secular insignificância ante o olhar do meu país, acabei aprendendo, para espanto geral, a tocar oboé, instrumento difícil, supre-

---

* Dedicado à memória dos membros do Conselho Superior da Associação Cultural do Negro de 1958, ano 70 da Abolição, que já se foram, e em honra dos que nesta vida seguem presentes: José Corrêa Leite, Américo dos Santos, Adalberon Araré Rocha, Adélio Alves da Silveira, Ademar José de Melo, Alyrio de Sousa, Antonio Dias, Antonio Uaxiny Bernardes de Freitas, Armando Vieira, Arnaldo de Camargo, Calixto Braga da Conceição, Cândido Marcolino, Clóvis Coelho, Eduardo Francisco dos Santos, Engrácia Hortêncio Pompeo dos Santos, Gerson Firmino de Brito, Henrique Antunes Cunha, Jorge Chagas, Jordelino Serpa, José Ignácio do Rosário, José Pellegrini, Juracy Barbosa de Oliveira, Maria Aparecida Venâncio, Maria da Penha Paula, Nair Theodoro

mo em sutileza e doçura na música ocidental. História absurda, tanto mais que passada em antigo feudo de barões do café e tal aprendizado, desde o início, me afastou da comum vadiagem de garotos da minha idade e da constância, nesta pátria, de seguir via esperada de uma criança preta, raramente erguida, no tempo em que nasci, acima do chão que recebeu suas primeiras pegadas.

Pai nem mãe viviam mais; morava com minha tia, dona Porcina, que ora lavava roupa para uma pianista, sozinha e solteirona, filha de um fazendeiro que no jogo havia perdido toda a fortuna, ora fazia doces e salgados que eu, com sete anos, entregava, obtendo daí algumas moedas para os roletes de cana, o picolé, o algodão-doce, afagos dos mais apreciados por moleques no tempo de minha meninice.

Iniciei estudo de oboé com seis anos, ensino, sem paga, do professor Demétrio, mulato já um tanto envelhecido, magríssimo, que, por seu bom exemplo e ensinamentos, certamente permaneceria na lembrança de todos nós quando desta vida partisse.

Era meu padrinho.

Mestre Demétrio, dono, sim, de um oboé, que tinha sido do pai dele, que tinha sido também do avô e devia passar para o filho adotivo, o Mauricinho, menino fraquinho, que terminou trajeto de vida com doze anos.

Foram decisivas as tardes de domingo que passei treinando escalas na sala de mestre Demétrio, sozinho, pois outros moleques, aprendizes de instrumentos com ele, não apareciam nesse dia da semana.

Mas lá estava eu, constante, poucas vezes voltando a vista para a rua e seu trafegar de povo, ou dando atenção ao rodar de

---

Araújo, Nestor Silva, Oswaldo de Campos, Otávio Tavares, Pedro Affonso de Arruda Filho, Rodoalte Severo e Sebastiana Vieira.

carroças subindo ou descendo a ladeira que se esticava atrás do quintal da casa do meu mestre.

— Por que oboé? — chegou a perguntar muita gente, irritada ou curiosa, quando, dócil criança, aceitei estudar com mestre Demétrio. E, descalço, sentado em um banquinho na sala dele, tirando desde o início um som bem promissor do instrumento, ouvi, no tempo todo do meu aprendizado, comentários de que "era muito difícil aprender a tocar 'aquilo'", "Vejam esse negrinho; logo oboé?" e também "Gente, quem sabe o que é esse oboé?", escutei repetidas vezes. E muitos estacavam diante do portãozinho da casa de meu padrinho e professor, tentando sondar qual o futuro do que ele estava me lecionando.

Mas aprendi, bem logo, e, na minha meninice, até os dezesseis anos, o som levemente nasal do oboé — que ainda não era meu, pois Demétrio só me presentearia com ele na minha despedida de Mineu — foi todo o meu contentamento, companhia e expressão de alma.

Aprendi, sim, e alcancei sem tardar incomum desenvoltura, pondo beleza nos volteios da melodia, convocando os timbres mais graves — quando a tristeza era muita —, às vezes copiando, com o som que tirava dele, a melancolia de muitos fins de tarde em Mineu.

E uma tarde apareceu em que dona Priscila, esposa do prefeito, dr. Deolindo, passando diante do portãozinho de mestre Demétrio, acompanhada de duas senhoras da Liga das Damas de São José, entidade católica formada por mulheres casadas com doutores, médicos, advogados de Mineu, me ouviu solando uma valsa lenta, colorida com a suavidade antiga do pré-anoitecer.

Deteve-se, fazendo de conta que apreciava a floração alva de um pé de resedá, ali no jardinzinho, exclamando "que lindo!", "que lindo!", mas esse "que lindo!" — me disseram depois — fora endereçado ao timbre do meu oboé.

A partir dessa tarde, ela soube de minha existência e de minha tia. E despertou para uma realidade sobre a qual nem ela nem outras senhoras da Liga haviam cogitado, apesar de tão palmar: existe moleque que consegue tocar oboé...

Foi por isso que, quando tia Porcina ficou muito doente, dona Priscila providenciou logo interná-la na Santa Casa e, após, em uma chácara para repouso, com toda a atenção e especial conforto.

Dias depois, chegou um emissário em casa, para saber de mim.

Sem minha tia, que lavava, sem os doces e salgados, que eu entregava, que ia realizar em Mineu? — quis descobrir.

Não conseguiu resposta, mas, a respeito, bastante me ajudou o que descobrira a mulher do prefeito. De modo que, já despreocupado com o bem-estar de tia Porcina, tive a sorte de obter sucesso me apresentando com oboé em Mineu e cidades vizinhas, por empenho de dona Priscila e de algumas amigas da Liga. Para elas, acredito, era imperioso que eu prosseguisse tocando oboé, primeiro, para destacar na região o nome de Mineu, mas, segundo, e sobretudo, para exemplo a outros moleques, que, já se antevia, poderiam vir a ser, em tempo não muito distante, sobressalto para uma povoação que tinha fama de pacífica, bom ar, boa água, e à qual durante o ano todo acorria gente idosa, com a crença de que a Morte, lá, com seu esqueleto e foice, enfrentava dificuldade para vasculhar, diariamente, os cantos e becos de bairros, à procura de gente escolhida para partir.

Nesse ermo, e com essas preocupações, cresci, até que, com dezesseis anos e algum dinheiro, saído dos recitais agenciados por dona Priscila e damas da Liga, parti de Mineu e subi até esta capital, que eu desconhecia.

II

— Como consegui subsistir?

— Sobrevieram dificuldades, sim, mas minha condição de oboísta me ajudou muito.

Oboé, até minha chegada, passara despercebido entre os pretos daqui.

Instrumentos de poderoso ou suave apelo — zabumba, tambor, ganzá, pandeiro, flauta, clarineta — e outros, como o cavaquinho e a cuíca, e por numerosas vezes o violão, nesta cidade, já haviam se instalado na música deles, tinham autoridade de fala. Eram a fala.

Mas, sem perturbar nada disso, cheguei e brilhei.

Algo que eu nunca imaginara, brilhei em associações negras,[1] que, agora sei, vêm existindo em muitos de nossos lugares desde o século XIX. Em Mineu, eu não chegaria a saber nada disso, conhecer trecho algum do trajeto de preto. A placidez existente em Mineu vinha de todo esse desconhecimento. Minha mãe e meu pai morreram plácidos...

Sorte tive também, e não pouca.

Assim, tão logo souberam de mim, me convocaram para apresentação na Associação Negros Contemporâneos, fundada e mantida por povo escuro antigo. Compareciam à Negros Contemporâneos muitos pretos idosos, que vinham cultivando a vida inteira, afetuosamente, a esperança de ver negro no progresso geral, acercando-se, como igual, do respeito e bem-estar que já iluminavam a vida de bom número de descendentes do mundo europeu.

Bastou olhar meu oboé, para divisarem nele possibilidade de horizontes jamais imaginados. Então, quando eu me apresentava — e isso se deu por inúmeras vezes —, muitos daqueles pretos antigos se aproximavam de mim e, radiantes, me estreitavam com um abraço quente junto ao coração; nos rostos, intensa emoção.

Muita satisfação e brilho nos olhos deles, quando, o oboé entre os lábios, tocava Gluck, Corelli, padre José Maurício ("Beijo a mão que me condena"), tanguinhos seletos de Ernesto Nazaré ou valsas e polcas de Chiquinha Gonzaga, e, para mimoseá-los, pois eles mereciam, uma série de cantilenas do álbum *Modinhas imperiais*, que Demétrio me ofertara com o oboé, quando parti de Mineu.

— É obra de pesquisa do nosso Mário —[2] recordo que me falou —, toque e lembre-se de mim!

Então, lembrando-me de Demétrio, segui tocando na Negros Contemporâneos, na Irmãos Patriotas, na Luz e Breu, associação para manter memória de escritores e compositores eruditos pretos ou semipretos.

Muito magro, no meu terno azul, eu, em pé, Luiza ao piano. Luiza, pretinha linda, dezessete anos, um tanto melancólica, técnica admirável naquele instrumento. Oboé, sendo de madeira escura, casava com minha presença preta e com a de Luiza. Os frequentadores de Negros Contemporâneos apreciavam isso. Era notado.

Certo é que meu oboé respondia ao meu carinho, à delicadeza dos meus dedos com cantilenas que só ele, só ele mesmo para fazer dr. Otávio levantar-se, naquela noite, na exígua sala da Associação; dr. Otávio, mulato sessentão, cabeleira grisalha, corpo já um tanto encurvado, levantar-se, premer-me contra o coração e exclamar, olhos úmidos:

— Você toca, meu filho, você toca! O mundo precisa conhecer você!

E, no intervalo, voz abaritonada, postura para respeitável discurso, falou aos presentes, entre eles a vereadora Madalena Pires, recém-conduzida a uma cadeira na Câmara:

— Não é deslize de palavras, caros amigos, mas este menino negro, tocando altitudes da ocidental música para outros negros, confirma o que, em certa época, o naturalista Fritz Müller escreveu a respeito do nosso grande Cruz e Sousa,[3] quando este era ainda garotinho.

Tirou do bolso do colete um papelzinho, leu:

Esse preto representa para mim mais um reforço de minha velha opinião contrária ao ponto de vista dominante, que vê no negro um ramo por toda a parte (talvez sob todos os aspectos) inferior e incapaz de desenvolvimento racional por suas próprias forças.

Isso, caros amigos.

Saudado com estrépito de palmas, dr. Otávio foi ao meu encontro, apertou-me rente ao peito com outro amplexo e, pegando-me pelo braço, levou-me à vereadora Madalena, expôs, entusiasmado:

— Senhora vereadora, no que puder fazer para abrir via que o revele na arte e na cultura desta cidade, lembre-se deste menino. É a raça que pede!

III

Brilhei em espaços diferentes da Negros Contemporâneos, reduto amável de idosos, brilhei em outras associações que não Irmãos Patriotas e Luz e Breu. Viajei, procurando sempre que Luiza estivesse comigo.

Passados três meses de minha vinda, necessitei voltar a Mineu, para ver minha tia, muito bem amparada, conforme verifiquei.

Souberam de mim, e logo chegou recado: que me detivesse, se possível, uns dias na cidade. O prefeito decidira me oferecer um jantar, por conta própria, pela notoriedade que eu estava dando a Mineu e à região.

À noite, no Automóvel Clube.

Aos poucos, iam chegando os convidados, acolhidos por dr. Deolindo e esposa.

Cônego Isidoro, batido pela idade, pele do rosto rugada, para incontida alegria minha, compareceu. Foi Cônego Isidoro que ministrou meu batismo na matriz de São Justino.

Eu olhava tudo, acanhado mas feliz. E vaidoso, quando, rastro de fragrância leve de violeta no ar daquela noite tépida, uma meia dúzia de senhoras da liga católica entrou, vestidas com seus tailleurs de tecido fino, penteados no capricho de damas de alta-roda. Depois — não podia falhar —, o jornalista Serapião Menezes, poeta conhecido em Mineu pelo seu talento para discurso laudatório. Descobri mais tarde que pretendia reunir em seleta o melhor de suas saudações. Por fim, Sebastião Nascimento, negro notável graças ao que conseguira ser em Mineu: de carroceiro, após vinte anos de labor, com a aquisição de quinze veículos, chegou a dono de uma ativa empresa de transporte. Rico — diziam. Meu pai tinha trabalhado na empresa do Sebastião, que, em um momento muito difícil em nossa família, nos amparou.

IV

O jantar correu festivo, com iguarias variadas, boa seleção de bebidas e esmerada sobremesa.

Surpresa foi a saudação do Serapião, em versos, logo após o café, a qual leu, com voz exercitada de tenor, dando-me a seguir cópia emoldurada de uma madeira escuríssima. Pautas, claves, sustenidos, bemóis ilustravam os versos.

Quando me entregou o pequeno quadro, sussurrou, vaidoso, batendo com o nó do dedo indicador da mão direita em uma banda da moldura:

— De ébano, com que se faz oboé!

Em seguida, andou alguns metros até um estradinho; subiu. Mas, antes do seu discurso, inclinou-se para minha pessoa, sentada ao lado do dr. Deolindo:

— Senhor prefeito dr. Deolindo Oliveira, senhora primeira-dama Priscila, amigos, amigas.

Empertigou-se, fitando os convidados e, brilho nos olhos, jubiloso:

Saúdo, nesta noite engalanada,
plena de encanto, festa e alegria,
vossa presença, toda iluminada
pela arte de um menino que um dia
daqui saído em muita parte ergueu
pra ser perene o nome de Mineu.

Quatro estrofes, havendo a espaços um refrão que o Poeta pedia repetissem com ele.

Assim:

Acompanhemos, amigos, seu caminho,
'steja a Beleza com ele a toda hora,
que sua Música leve sempre o vinho
à mesa da Esperança, Amor e Fé.
Caros amigos, senhores e senhoras,
mil vivas ao "menino do oboé"!

Saí da cidade no dia seguinte, com a promessa de estar lá sempre que aparecesse ocasião. Chegando, logo avisaria.

A senhora Priscila insistiu que eu voltasse no dia da festa de São Justino, padroeiro de Mineu.

Quem sabe eu poderia embelezar a missa especial da Liga? Prometi.

V

Toquei. Toquei muito.

Dr. Otávio levou-me à casa dele, no aniversário da menina Marieta, filha mais nova. Conduziu-me de carro, o braço no meu ombro, amável, conversador:

— Uma surpresa, Paulinho, uma surpresa.

Cheguei. A sala, ampla, toda decorada com gravuras de Debret, era espaço apto a memoráveis comemorações.

— Este é o menino do oboé, Dulce — apresentou-me à mulher, senhora cinquentona, jeito feliz.

— Encantada, Paulinho.

Então me mostrou aos convidados, uns negros risonhos, mulatos, mulatinhas, pois a reunião era de "patrícios". Todos ansiavam conhecer "aquele tal de oboé" que dr. Otávio, já fazia meses, vinha comentando.

Captei fiapo de conversa entre dois adolescentes, que, desde minha chegada, me vinham fitando, não escondendo cara de desdém, como a dizer: não vejo nada demais nisso... Oboé... Quem conhece oboé?

Então dr. Otávio iniciou um discurso, dois dedos no bolso do colete, o rosto lustroso; como sempre, inteiro emoção.

Não era momento — penso hoje — para encetar festa de aniversário da filha, catorze anos, com palavras judiciosas, algo para se meditar a vida inteira; mas ele falou:

— Este menino, Paulinho, como familiarmente o chamamos em nossa Associação, veio de muito pouco, caros amigos. Não fosse herdeiro de um cabedal de desgraças sociais, nem cá o teríamos tão perto, tão junto do nosso anelo, que o disputariam plateias mais vastas, bem mais vastas, caros amigos. Mas cá, felizmente, o temos. E ele tocará para nós. O que tocará? Surpresa, caros amigos.

Pousou-me a mão no ombro, voltou-se para uma das gravuras de Debret, cena familiar: o patriarca na liteira, com mulher e dois filhos; o menorzinho, mãozinha fora da liteira, tenta afagar o lombo de um cachorro; a seguir, descalços, dois molequinhos portando cestos de palha, com possível farnel para aprazível passeio no campo.

Então, olhos firmes, cheios de ardor:

— Vamos seguir com a Abolição.

"Treze de Maio, caros amigos, um ato frustrado. O perfazimento nos cabe. Tenho dito e repito: este menino Paulinho e seu oboé colaboram para perfazer a Abolição, mostrando que o negro chega lá onde o branco usufrui o celeiro dos séculos. Toca, Paulinho; toca, meu filho!"

Após as palmas ao discurso do dr. Otávio, toquei.

Sem Luiza, meu desempenho se mostrou tímido; Chiquinha Gonzaga teve repertório encolhido: duas polcas. Mesmo com pedidos, afastei tanguinhos de Ernesto Nazaré, pois algo me doía dentro e vinha desde algum tempo me arrefecendo para certos arroubos de alegria. Por isso, com doloroso sentimento, toquei a "Dança das sombras bem-aventuradas", da ópera *Orfeu e Eurídice*, de Gluck, que entrou, pareceu-me, no sentimento dos dois meninos descrentes, quando cheguei, do que podia alcançar meu oboé. Disfarçadamente se aproximaram para me ouvir melhor.

Das modinhas imperiais, "Róseas flores da alvorada" deve ter emocionado fundamente os mais velhos; ouvindo-a, certeza, deixaram-se conduzir, com delícia, às antigas esquinas da cidade, nas cercanias das quais, em modestos jardinzinhos, floriam resedás, camélias, também manacás e pés de primavera esplendendo com pétalas cor de sangue.

Antes de começar a festa, com doces e o mais, antes do bolo, saí.

Achava-me um tanto insatisfeito.

Faltara Luiza, além de excelente acompanhante ao piano, ornato suave à minha presença seca, magrela, donde partia meu som.

Pela primeira vez, comecei a desconfiar que, mesmo alcançando tanto nome em segmentos seletos da sociedade negra, na capital, algo adverso, que eu não podia deter, vinha, já havia algum tempo, espreitando o meu oboé.

VI

Passado um mês de minha apresentação na casa do dr. Otávio, a vereadora Madalena Pires desejou falar comigo. Soube que tinha pressa.

Veio-me à memória o rogo do dr. Otávio: lembre-se deste menino, force caminho para que ele seja cada vez mais conhecido; aqui, além.

Agora ela queria me ver; chegou o carro em casa, com o chofer, para me levar.

— Dra. Madalena pediu que eu levasse o menino, com o oboé.

Mostrei o estojo, que ele olhou um tanto espantado.

(Poucos sabiam o que era oboé.)

VII

A vereadora Madalena Pires, firme pretidão no rosto, ao vestido longo, azul, juntara uma bata de um tecido sedoso, cor ouro. De estatura meã, marcava-a natural elegância.

Tinha sido inspetora de ensino, daí talvez a feição enérgica, por mais um pouco, seca. Achei-a bonita, mas sem graça, se comparada a Luiza, menina de periferia que estudara piano graças ao conhecimento de uma madrinha empregada doméstica, cuja patroa, desde que viu minha acompanhante pela primeira vez, se encantou com sua delicadeza e meiguice. Sabendo do desejo de aprender piano, propôs-se a ajudá-la, e ajudou.

Diante da vereadora Madalena Pires, moça ainda, e o Arpège com que se perfumara (sei que era Arpège; só podia ser Arpège. Passados meus dezesseis anos, até aqui chegar, obriguei-me a decifrar o mundo que se move atrás de um perfume Arpège...), volto, diante da vereadora, vi-me como no meu último dia em Mineu, partindo com meu oboé, solitário, para investigar o espaço lá fora.

Mas ela me recebeu, cortês, beijou-me levemente a testa.

E eu falei:

— Estou contente de vir a sua casa, senhora vereadora.

Ela sorriu, me fez sentar:

— Você é um menino amável. Você nos orgulha. Quantos anos tem?

— Dezesseis, senhora vereadora.

Pediu que eu ficasse à vontade, tinha convidado uns amigos, chegariam mais tarde, que eu ficasse à vontade.

Pôs diante de mim alguns números da revista *Ebony*; pensei que se via com dificuldade para iniciar sua fala, tanto que me senti confuso, pois me haviam comunicado que tinha pressa.

Diante do silêncio dela, decidi folhear a que estava mais perto dos meus dedos. O estojo com o oboé depositei sobre o espesso tapete de chenile, cor cinza.

Tentei um comentário sobre a capa de *Ebony*:

— Negros bonitos; jeitão de quem tem dinheiro.

— Chegaremos lá. Eles já caminharam bastante, algo já resolveram, mas, trouxe o oboé?

Ergui o estojo do tapete, tirei dele o meu instrumento, presente — insisto em lembrar — do meu mestre Demétrio.

Sentada em um pequeno sofá à minha frente, por fim indagou:

— Onde aprendeu?

— Onde nasci, Mineu. Tinha uns moleques comigo, deles não sei, mas eu consegui aprender.

Fixou meu oboé, observando-o, qual se achasse diante de um enigma que urgia desmontar.

— Por que tem esse som?

— Por quê? Não sei, senhora vereadora. Dizem que tem um som bucólico, mas minha vida pinta também o som dele; então não é só bucólico...

Desejou pegá-lo. Coloquei-o na mão dela, para que, além da madeira escura, sondasse o peso, olhasse de perto as chaves com que eu o manejava, depois tentasse imaginar o que poderia conseguir soprado pelos lábios de um menino preto de dezesseis anos.

Estava o oboé entre dois dedos dela, concreto como as mesinhas do apartamento; como a clarineta do Euzébio, que de vez em quando aparecia na Associação; como o piano emprestado, que Luiza, lá, dedilhava em noites de tertúlia, encantando.

A vereadora não encontrou nada no meu oboé, além do oboé...

Pareceu-me contente, aliviada:

— Como imaginei. É um acidente na sua vida. Deus é bom; deu esse degrau a você.

Fora do apartamento dela, milhões de pessoas deviam estar pensando naquele momento. Umas, talvez, para escolher que caminho seguir depois daquela noite; outras, ansiosas por saber com que vestes se apresentaria a madrugada, com que face se mostraria o dia. Ali, eu também estava pensando, sem encontrar o que dizer. Disse então à vereadora que não tinha entendido. E arrisquei:

— Acidente na minha vida? Eu toco onde me chamam; gosto de tocar para os pretos. É a maneira de conversar com eles; eles me chamam, eu toco...

Decidido a tocar, como jamais fizera, excedendo-me em expressão e doçura, que distingue o oboé, eu esperava, com curiosidade, o primeiro convidado.

Ela se ergueu, andou até uma cristaleira, de mogno, imponente, de lá retirou um cálice de cristal.

Depois de pousá-lo sobre a mesinha, ao lado, serviu-me um licor verde, de cheiro muito suave. Quando ensaiei molhar os lábios, reatou sua fala, agora com um olhar quente voltado para meu rosto:

— Sou vereadora, a raça me interessa, o caminho da raça; o futuro melhor dela é parte do meu programa. Por isso, tenho acompanhado suas apresentações, muitas, muitas. Você sei que não me tem visto, mas acompanho.

— Entendo, senhora vereadora. Eles gostam que eu toque meu oboé. Então, me convidam, eu toco.

Silenciosa, virou uma página da *Ebony*. Na capa, o Sidney Poitier, olhar duro, fitando nubladas montanhas além, enquanto uns brancos fardados estão pingados na paisagem.

Fechou a revista, fitou-me, rosto um tanto apreensivo:

— É, você toca. Dezesseis anos, e toca...

Voltou-se para o oboé, agora deitado sobre uma mesinha próxima ao sofá em que eu estava sentado. Depois:

— Esqueci o que faz diferente o som dele. Que som tem ele mesmo?

— Bucólico, senhora vereadora, é o que dizem, mas está misturado com minha vida; por isso, é diferente...

Após alguns instantes pensativa, retomou, todo segura:

— Não importa. Mas é bom que você saiba; sou sincera. Pensei antes de chamar você aqui, pensei se já não seria tempo de dizer ao menino, com sinceridade, isto: tenho contra o seu oboé uma antipatia de caráter político. Você está juntando muita gente de nossa mocidade negra como carneiros, distraindo-os com o som doce, mole, do seu oboé.

"Que rumo vão tomar inspirados pelo som do seu oboé, Paulinho? Onde vão chegar levados pelo som do seu oboé, Paulinho? Onde? Pense, menino, pense!"

VIII

Quando chegou o primeiro convidado, eu premia o fecho do estojo do meu instrumento, para levá-lo comigo.

Um negro grandalhão, terno de linho branco (doutor, deve ser doutor, imaginei), dono de firma de importação de bebidas, soube depois. Após beijo fugaz na face da vereadora, voltou-se para mim, risonho, e esparramou-se, logo a seguir, sobre um almofadão no sofá ali próximo. Depois, jovial:

— Cadê o oboé, menino? Toca aí o oboé!

IX

Curvou-me já a idade; eu tinha dezesseis anos. Luiza, há tempo, se foi. Mineu virou represa; sonha — se pode ali existir sonho — sob um manto descomunal de água.

Partiu desta existência o prefeito Deolindo; partiram dona Priscila e as damas que a acompanhavam, da Liga de São José. Dr. Otávio finou, faz anos, caduco, lembrando sempre aos que o visitavam o brilho antigo, com seu instrumento, de um menino... Marieta casou-se, separou-se, viajou, sumiu.

Hoje, resta um momento desse episódio dos meus dezesseis anos — dezesseis anos não passam de um episódio — que eu gostaria de corrigir, para meu resgate diante da esperança sem tréguas de minha gente negra: ter morrido no apartamento da vereadora, naquela noite, ante a pergunta risonha do seu primeiro convidado:

— Cadê o oboé, menino?

E o convite, ou mando?, enquanto ela se dirigia à cristaleira, para pegar mais uma taça:

— Toca aí o oboé, menino!

Já duvidoso do poder do meu oboé, saí; não toquei!

CHÃO DE UM PRETO

Maralinga

À memória do padre Simão Switzar

Meu pai, na estrada, tremia o corpo, de tanto chorar

De manhã, ainda a cidade escura, meu pai me acordou.

Trouxe o meu peniquinho, pediu que eu mijasse depressa e me lavasse ainda mais depressa, que a fazenda do doutor ficava longe, e era bom chegar antes da noite, senão ele podia pensar que a gente não estava muito interessado.

Então engoli meu café, peguei o saco com minhas coisas, os dois boizinhos de sabugo e, atrás de meu pai, saímos de casa, que ficou solitária dentro da neblina matinal e entre as três mangueiras castigadas pela geada do mês.

Não me esqueço que meu pai trouxe o peniquinho, ato desusado, delicadeza de quem tinha desamparos por dentro e muita coisa doendo por me deixar ir tão pequeno e magrelo viver no povoado do doutor, lá servir e tentar ser alguém em Maralinga.

Então olhei os sobrados, os terraços, a matriz de São Gonçalo, com sua barriga de azulejo azul, a praça que os jeremins tentavam atapetar com a floração amarela, após o bravo frio que desrespeitara os jardins e as latinhas com gerânios nas janelas.

Olhei os sobrados, então olhei a praça e o coreto, olhei as ladeiras, enquanto meu pai recolhia o seu desgosto ao coração, que naturalmente sofria por me deixar.

Minha mãe morrera na Semana Santa passada, na quarta--feira, e eu, quando vi tudo escuro, as velhas trajando panos de crepe e as moças conversando d'olhos baixos, os meninos com cara de susto, entendi que haviam acontecido no mundo coisas muito sérias; até o sol — pareceu-me — brilhava menos, os passarinhos dormiam cedo, e eu pensei que fosse por causa de mamãe.

Mas meu pai caminhava quieto, e eu ouvia nossos sapatos nas pedras, como saudações ao chão que deixávamos naquela manhã, que até hoje me espanta, tão notória está na relembrança, tão nítida e confrangedora, tão única e desamparada na minha vida.

Hoje meus olhos descem à ladeira que subimos para galgar a saída de Rosana, cheia de rosas murchas nos jardins, cheia de coisas doendo, onde brinquei, briguei e defendi-me dos sustos que a infância prega às crianças sem parada, cuisarruins, infernais, mas que sentem se o pai aperta seu braço e fala brabo:

— Vamos, o doutor espera, tá chorando, menino?

Hoje estou me observando lá.

Dona Miquelina me desejou boa sorte, porque sabia que eu ia passar ali, na rua Fortuna, defronte à sua casa decadente, onde havia um piano belo e sonoroso nas tardes. O capitão, de camiseta, parou de fumar seu cachimbo à janela, sorriu me olhando e falou palavras de animação e tranquilizantes na emergência de eu ir de vez para Maralinga.

Andamos mais de horas; o sol já partia, passando sobre as carapuças das montanhas, quando a brancura das casas anunciou Maralinga, povoado antigo, onde eu ia tentar me arrancar do de-

samparo e, se desse certo, prosseguir depois como homem mesmo, e não ficar igual ao primo Zequinha no sítio de seu Artur Ludgero, cultivando bicho-do-pé na sola e pondo no mundo uns negrinhos mirrados, brincando ali na barroca, até que arranjassem, na oficina da necessidade, uma enxada e um talhão de café para existência toda, sem termo, pros séculos *saeculorum*, sem amém de anjo jubiloso, porque isso é desgraça e Deus não quer, mas deixa.

Foi dali, de Maralinga, que eu parti pra hoje.

O doutor, já velho, tinha olhos azuis, pequenos e úmidos, debaixo dos óculos de aros dourados. O doutor chamava-se Ricardo, era dono daquilo, de Maralinga e dos corações dos habitantes, pois era famoso de bom, e eu me senti contente quando ele falou:

— Então, João, é este o menino? É pequenino...

E ele me pôs a mão na cabeça, me olhou lá de cima, pensativo, e depois, para meu pai:

— E como vai agora, João; está resignado?

Meu pai parece que não entendeu o que queria dizer resignado, mas sorriu, pegou minha mão e respondeu ao homem rico:

— Pois é, doutor.

Doutor Ricardo voltou a me olhar, mais pensativo, depois gritou uma ordem rumo à casa branca maior e comentou para ele mesmo, baixo, como quem admira pensamentos:

— O menino é pequenino, não imaginei... — mas, virando-se para meu pai — Volta a Rosana, João?

— Volto hoje — respondeu meu pai —, e vi que ele catava reforço difícil no coração pra me deixar ali sem tremer, sem molhar os olhos mansos que eram os dele.

Depois, conformado:

— O menino então fica, doutor. É bom menino; o senhor pediu, eu trouxe ele. O que o senhor fizer...

E meu pai susteve a palavra, pôs a mão na minha cabeça, pegou o saco com as coisas:

— O menino é bom, agora sem luxo de mãe...

Olhou os meus boizinhos:

— Brinca pouco; não será peso ficar com ele, doutor.

Voltou o rosto para o casario branco e a paisagem espalhada no derredor:

— O doutor possui tudo isso. Tem muito lugar aí pro menino...

Então doutor Ricardo pegou os dois boizinhos, o saco com as coisas e, em cima do meu espanto:

— O menino fica como filho, João.

Meu pai, na estrada, tremia o corpo, de tanto chorar.

Niger

*Então entendi que nem "Sociedade de Ébano" nem o resto do
Niger iam sair mais*

Sou um dos rapazes que escrevem para o *Niger*, órgão informativo da coletividade negra paulistana.

Conseguimos tirar mil exemplares por oitocentos cruzeiros, é duro arrancar a contribuição mensal dos colaboradores; a ideia foi bem acolhida, a gente se entusiasmou, mas agora está difícil publicar a revista.

Eu escrevo sobre bailes, aniversários e minha coluna é "Sociedade de Ébano". O pessoal da coletividade gosta de ver o nome publicado no *Niger*: dia 13 aniversariou a senhorita Marlene Benjoim, a linda representante do concurso de beleza Bonequinha do Café;[1] o menino Otávio Alves, talentoso filho do casal Faustino e Doroteia Alves, venceu, com brilho, no programa A Mais Bela Voz Juvenil, promovido pela emissora Música das Esferas etc.

Eu redijo caprichado, leio várias vezes, depois entrego ao

Firmino Alves, nosso redator-chefe, que quase sempre confirma estar bom.

O poeta Teobaldo Luiz colabora com a gente desde o começo. Frequento a casa dele, conheci-o numa reunião no apartamento do Benedito Mendes, iniciador do *Niger*, o que entra com mais dinheiro.

Eu toco harmônio numa igreja, aprendi em Bocaina, minha terra. Quando eu era pequeno, padre Talarico falou que meu pai, com a minha idade, cantava no coro da matriz; explicou que, como ele, eu tinha bom timbre de voz, ouvido afinado e, não duvidava, eu daria certo também como tocador, e, daí, começou a me ensinar.

Aprendi muito rápido; padre Talarico confessou nunca ter visto ninguém saber tão fácil aquela arte e me deu o lugar de tocador de órgão, porque dona Orlandina, com reumatismo, não podia mais sair de casa.

Para saber os aniversários, sou obrigado a frequentar os clubes do povo preto; eu gosto, mas cansa folhear os registros de inscrição e copiá-los. Benedito Mendes diz que devo sempre visitar os clubes; me fez até comprar um príncipe de gales, me emprestou a entrada e avisou que nas associações represento *Niger*, "órgão informativo da coletividade negra paulistana". É o que digo, e os sócios me olham, respeitando, e perguntam por que *Niger* tem deixado de sair no dia certo, por que não publicou tal baile e, o retrato que enviaram para fazer o clichê, por que não devolvemos.

Eu respondo a tudo, procurando ser bem claro, caprichando na dicção, e sempre explico os problemas do *Niger*: a gráfica Levoisin, que teima em subir o preço; o desleixo do linotipista; o revisor, que abandonou a gente e não corrige mais nada. As colaborações não chegam a tempo, às vezes nunca chegam, e nós temos copiado trechos de livros e jornais antigos que falam sobre o nosso povo; *A Voz da Raça*,[2] por exemplo, de uma coleção do Teobaldo.

É difícil preparar o *Niger* bonitinho, sem erros de grafia, com artigos de interesse para a gente preta. Mas eu redijo a minha coluna com o mesmo capricho do primeiro número e me custou sacrifício, mas até um clichê paguei para publicar o retrato de uma aniversariante de que eu gosto muito, dona Olívia, que é como se fosse minha mãe. Ela chorou quando mostrei a fotografia, com o texto colocado em cima de todos os outros, até antes do dr. Lúcio (caramba!), que escreve crítica social, fala sobre os "percalços dos pretos no encalço de rumos", palavras dele que guardei e não me saem da cabeça.

Mas, ia dizendo, avisei que queria o retrato de dona Olívia, em cima, tarjado, tarja grossa, pus no original, o texto sem corte, ouviram? Eles respeitam minha fala, eu sei que respeitam. O diagramador, porém, teimou colocar, mais destacado, o aniversário do dr. Lúcio, dizendo que, além de colaborar com o *Niger*, ele é doutor, tem cargo na Confraria de Nossa Senhora do Rosário dos Homens Pretos e fez uma conferência sobre "Limitação e Horizonte do Negro", muito aplaudida e da qual transcrevemos um bom pedaço. Mas eu bati o pé e o caso chegou até Benedito Mendes, que respondeu:

— O menino manda na coluna. Ele faz o que quer.

Então a foto e a legenda, "com destaque", saíram do jeito que eu queria, e foi só contentamento e orgulho de dona Olívia, que me convidou para jantar e me fez daqueles doces maravilhosos, uns bons-bocados, que comi mais de seis, enquanto explicava a alguns vizinhos, curiosos, que se haviam aproximado, o trabalho que dá e a responsabilidade que é preparar uma seção de revista ou jornal para o povo preto.

Mas hoje estou muito triste, tão triste que deu vontade de esquecer meu rumo, fazer bobagem. Me deu vontade de ir à casa da Rita, comprar o carinho dela, depois esculhambar com ela e deixar na mão dela todo o meu dinheiro, pra me sentir bem miserável, moral e economicamente. Fiz isso uma vez e vi o que é o vazio perfeito, a gente se achar uma coisa sem alma, um desgraçado inteiro, personagem de tragédia. Teobaldo diz que sou um ciclotímico e o fato de estar com a Rita é irrelevante; seria pior se eu dormisse com a rainha. (Devo procurar no dicionário o que é ciclotímico.)

Ontem, quando fui entregar "Sociedade de Ébano" ao Firmino Alves, encontrei-o com a cara feia. Mas eu estava feliz, com uma coluna social muito rica: Dia da Mãe Preta,[3] baile da associação Irmãos Patriotas e bodas de ouro do casal Gervásio-Genoveva, com missa pomposa na Igreja do Rosário. Até orquestra de cordas contrataram. Assunto de peso para o responsável pela divulgação da vida social do povo preto no *Niger*, eu, o degas, que me tornava conhecido como "Ibrahim Sued crioulo"...[4]

Ontem, quando fui entregar minha seção, ele me falou, sem nem me olhar:

— Põe no lixo!

Não entendi o que ele falou, cheguei mais perto, segurando o meu trabalho, mas ele, mais uma vez, antes que eu abrisse a boca:

— Põe no lixo!

Então entendi que nem "Sociedade de Ébano" nem o resto do *Niger* iam sair mais. Quase chorei de desespero, pois tanto caprichei e agora vem em cima de nós essa desgraça.

Hoje estou sem rumo, derruído. Se eu pudesse, eu sumia de São Paulo, essa paisagem podre! Acho que vou à casa do Teobaldo, pra ele me explicar o que é "negritude". Depois pedirei a chave do coro da Igreja do Rosário e ensaio um pouco de harmônio. Mas só conseguirei tocar aquela adaptação da "Marcha fúnebre" de Chopin, tenho certeza que não posso tocar outra coisa.

Dei azar com o *Niger*, dei azar!

Negrícia

*E as águas do Níger, na minh'alma, é a música que escuto
nas noites em que sonho cubatas, senzalas, elefantes...*

I

Eu o vi, sentado sozinho, olhando os pares que dançavam.
O copo de uísque na mão, esquecido, ele olhava.

Eu estava de pé, conversando com a professorinha Marília,
mas o que eu queria mesmo era ver a "festa negra" daquele ano,
para comentar n'*O Pixaim*, e encontrar alguns da turma, comer
bolinho de bacalhau, cuscuz, e aquela festa vinha a calhar.

Ele estava sentado no sofá verde, a alguns metros de um
aparelho de som estéreo — o mais moderno à venda nos maga-
zines —, o qual espalhava, à maravilha, ritmos dançantes, especialmente o samba, para todos os cantos do salão do palacete do
dr. Basílio. Era a noite da "grande festa" — deram-lhe logo esse
nome —, que o nosso anfitrião vinha oferecendo, fazia já três
anos, a destaques da comunidade negra paulistana.

Então eu quis saber o que ele fazia ali, com o copo na mão, ausente daquele burburinho, mas voltando-se, a todo o instante, aos quadros primitivos do Souzinha, pendurados em uma parede em frente do estéreo. Analisava, com atenção obsessiva, cada um deles.

Trazia um terno "beau toujours" azul, gravata bordô, e, quando o garçom passava com a bandeja, pegava o que alcançasse primeiro, com um gesto discreto, indiferente ao que se servia nela. Mastigava devagar, virava-se de vez em quando para olhar os pares que dançavam, depois tornava aos primitivos do Souzinha, três, retratando cenas de favela.

Pretendia continuar a observá-lo, não fosse Marília...

— Já disse que não quero dançar, Marília, estou "reportando" para O *Pixaim*, depois falo contigo...

Mas a professorinha Marília, extasiada com os números da revista que eu levara à casa do nosso anfitrião, queria iniciar nela uma "página feminina", implorou que eu conseguisse com o Teodoro, idealizador e quem dava rumo ao quinzenário.

— Consigo sim. Escute, aquele velho baixote, calvo, de gravata azul...

— A festa está cheia de velhos...

— Aquele, o que conversa com o Basílio.

— Pra mim, tem jeito de ricaço — e Marília se desinteressou, mas eu fiquei de olho no velhote. Não sabia por que, ligava-o ao escurinho solitário, e não posso ver ninguém solitário; dá tristeza: me recordo das vezes em que fiquei sozinho, só comigo. É duro.

Nisso, já era tempo de começar a "reportar" para O *Pixaim*, mais que tempo. Então:

— Marília, que acha de "festivas" como esta do dr. Basílio; reflete "status", afinal alcançado, ou é, como já ouvi alguns falando, postiço o que mostramos? Isso sai no próximo número, fique pensando, que eu venho anotar.

Marília ficou pensando; assim, por alguns instantes, me livraria dela.

Corri até dr. Basílio:

— Doutor, está esplêndida a reunião, um brilho.

Olhei o acompanhante desconhecido:

— Notei sua presença, meu senhor, não fomos apresentados, mas...

Os dois volveram olhares cúmplices. Dr. Basílio delicadamente puxou-me pelo braço, segredou-me, a alguns passos do outro:

— Surpresa, meu filho, surpresa. Juca veio como anônimo, entende? Tenho nisso alta intenção, surpresa, espanto. Juca será apresentado, não se inquiete, meu filho, não se inquiete.

Os olhos dele luziam enquanto passava, sorridente, abrindo caminho no meio daquela aglomeração de gente escura. Deteve-se por momentos junto a um grupo de convidados, cumprimentou e abraçou, com mais afeição, alguns deles, seguido sempre de perto pelo senhor anônimo, surpresa, como já me adiantara, de espantar. E eu tentei:

— Doutor, umas perguntinhas d'*O Pixaim*.

— Tem tempo, meu filho, tem tempo!

Ele distanciou-se com o desconhecido de gravata azul, deixou-me a sós com minhas perguntas.

II

Estávamos ali numa reunião maravilhosa. O deputado Antônio Olavo, a vereadora Madalena Pires, o poeta Teobaldo Luiz, o mais ilustrado da comunidade, que a maioria se detivera no verso estreito, rimado, ou no soneto, desde que sonoroso, para impacto e prolongado aplauso. Mas ele, Teobaldo, não; Teobaldo propunha ao leitor uns versos largos:

E as águas do Niger, na minh'alma, é a música que escuto
nas noites em que sonho cubatas, senzalas, elefantes...

III

De repente, notei que as coisas mudavam. De repente, o samba "Navio negreiro" ("*Adeus, terras de Luanda*"...), do J. Piedade,[1] foi retirado do estéreo, surpreendendo aquela gente que, já fazia tempo, cantava e dançava, alguns com o copo na mão, felizes com tanta companhia e festa em salão luzente de um negro vencedor. Depois foram apagadas quase todas as luzes e, havendo só umas poucas luminárias acesas, compareceu ao estéreo do doutor, em meio à semiescuridão, uma melodia débil, enfezada, musiquinha de branco rico, que branco pobre, como o Careca, vizinho de casa, na Barra Funda, não topava aquilo não!

Anotei o protesto de um rapaz, todo à vontade, paletó amarelo e que já alcançara muito sucesso junto a um grupinho de meninas; dançava demais:

— Impossível! Impossível! Que deu no Basílio?

Moço de periferia, criado por uma prima cozinheira do anfitrião — logo me informaram.

Olhei em torno; aquele povo todo estava sem rumo; pés em cima do vazio. Cadê os sambas, de antes, do J. Piedade, do Noel, Ataulfo, e o violão do Caymmi? Aquilo virou agonia, pegou todo aquele povo sem refúgio. *O Pixaim* anotava, *O Pixaim*, por mais doesse, tinha que anotar, e ia comentar!

Muito legítimo que alguém resolvesse extravasar e, em voz

bem ouvida, sugerir aos convidados, mesmo aos que se achavam, confusos, no fundo do salão:

— Quem tem copo na mão que se salve bebendo; quem não tem, tenha, ou ache jeito!

E o magoado protesto: que festa está dando neste ano, dr. Basílio? Quem imaginou isso, dr. Basílio?

O *Pixaim*, atento, esperava, para saber o que ia sair daquela trama. E os convidados, também, no aguardo, murados pela educação, pelo respeito e pela amizade ao dr. Basílio, retendo na memória pregações do pastor Vitorino, idoso e venerando preto, que, recém-aportado do interior, conseguira contrato para chefiar um programa de rádio, em que insistia, havia meses, no mote: "Negro educado e bonito não faz arruaça!".

Olhei dr. Basílio; o rosto lustroso dele fulgia como um asteroide e parecia Zeus no Olimpo, me veio a ideia e acertei comigo que valia registrar n'O *Pixaim*: "Dr. Basílio, sem dúvida, um Zeus", mas, visto o grande número de derrapadas de revisão que vinha acometendo nosso quinzenário, amedrontou-me a possibilidade de deus, em vez de Zeus. Se acontecesse...

Nisso Marília, que — me explicou — estivera ouvindo, contado pelo rapaz de paletó amarelo, relato das dificuldades inimagináveis para sua ascensão social, exclamou:

— Que vem a ser isso, minha nossa?!

— A festa do espanto... O velhote — eu não duvido — está metido nisso, olha lá...

IV

Acesas todas as luzes, conduzido pela mão do dr. Basílio, dr. Juca caminhava, sorridente, para o meio do salão. Colocaram outra música no estéreo, porém não coisa nossa. Suave, mas aquilo doía e aquela gente preta, especial convidada para a "grande festa", mantinha-se inquieta, entontecida havia já um amontoado de minutos. Sem dança, pés em cima do nada.

Wanda, mulata, dona de salão de cabeleireiro, que, vendo-se sozinha, gostava de ouvir coros e árias de ópera, se expressou, alto:

— Isto é lindo!

Um garoto sarará, óculos aros dourados, camiseta motivo afro, importação EUA:

— Não me diz nada; Caymmi é superior.

— É Liszt.

— É branquice; festa é festa — entrou Maurílio, revisor do jornal *Hoje* —, jamais velório. Fica bem na "Top Society", não aqui na casa do Basílio, amigo nosso, que bebe com a gente e abraça a gente na rua. Basílio está amolecendo, alguém leva ele. Desconfio muito do velhote; olha lá o brancão sorrindo. Parece pesadelo!

V

Mas eu sentia pena do rapaz sentado sozinho.

Onde andava o pensamento dele? E a garota dele? E a "negrícia" dele? Com o copo de uísque na mão, não dançava, nem as pernas das meninas olhava, indiferente, um sujeito pregado ali, morto, mortinho; e assim não podia ser.

Verdade que a "festiva" tinha mudado de repente. Doidura do Basílio, sabia-se lá, mudara. E, ao lado do dr. Juca, ele agora esperava silêncio. E os negros, nós, sem direção. Nós, colhidos na rede invisível da tramoia deles. Nós... e o deputado Antônio Olavo, e a vereadora Madalena Pires... Dr. Basílio tinha coragem? Podia chegar a tanto, derrubando a reputação dele? Não podia, nunca que podia!

VI

Nisso, voz encorpada, gestos espaçosos, dr. Basílio iniciou um discurso, o rosto simpático pondo ânimo na gente, que já desconfiava que ele ia ruir perante o nosso conceito:

— Deputado Antônio Olavo, vereadora Madalena Pires, senhores outros e senhoras outras! Por certo, a maioria de vós não alcança o que se dá nesta festiva que organizamos para esta noite, relembração da "Mãe Preta", esse 28 de setembro que conservamos como data caríssima para sempre. A honra me cabe e eu a desempenho. A honra me cabe de trazer ao nosso convívio o dr. José Antunes Brandão, poeta e filantropo, que deseja filiar-se ao nosso meio e nos dar colaboração e conviver conosco. O deputado Antônio Olavo já o recebeu...

O deputado Antônio Olavo desenhou na cara um sorriso sem graça, como a dizer: que é que eu podia fazer?

— Eu desempenho, eu apresento. Convidei, pois, a esta reunião festiva, em homenagem à "Mãe Preta", o pai de um dos mais jovens e promissores talentos da nova geração, um jovem que persegue nos seus versos a finura de... (procurou dr. José, com os olhos, que soprou Saint-John Perse), pois bem, um ainda quase menino que tem nos seus versos o sopro da poesia de um *Sem* John Perse, toca Bach, declama. Jovem!

O escurinho solitário levantou-se, lento, tímido, bonito no seu terno azul; era alto e fino, o olhar triste fitou a gente. Dava pena, dava dó, o menino deslocado. O que eu não conseguia entender era por que dr. Juca o chamava de filho...

— Meu filho, Deodato Antunes Brandão, que apresento neste momento à sociedade negra desta fraternal São Paulo, onde se forjam lideranças e a ideia nova prepara a geração briosa que colherá os frutos, no futuro...

Palmas. O Deodato adiantou alguns passos, o olhar triste na gente, morto, mortinho; doía. Quase chorei, quase chorei abraçando ele. Vontade de dizer: vem ver nossa casa, a mãe da gente, a família da gente, vem ver...

— Mas, antes, o jovem Deodato Antunes Brandão nos brindará com poemas e interpretações ao moderno clavicórdio. (Dr. Basílio alugara um piano, lustroso, muito bonito, que esperava num canto do salão.)

Clavicórdio?! Não estou mentindo, ele falou clavicórdio... e o povo preto ali, ouvindo, muitos segurando ainda o copo, vazio, situação podre, pesadelo mesmo. De repente tramaram aquilo e trouxeram o pobrezinho de um menino que nunca tinha andado com a gente.

Se um da turma quiser saber dele: onde fica a "ponta da praia",[2] ele não sabe; se perguntar: de quem são estes versos, vamos lá, tu que declamas:

Mesmo que voltem as costas
às minhas palavras de fogo,
não pararei de gritar, não pararei,
não pararei de gritar,[3]

ele não saberá. Ele não foi à feijoada do nossO *Pixaim*, nunca entrou no Malungo, não conhece a gente; de lamentar mesmo. E isso é importante para quem se comunica com a gente, e vive no meio da gente, tem ligação com a gente.

Pois o jovem declamou e tocou o tal clavicórdio, mas causou dó na gente. Antigamente, muitos gostavam. Aplaudiam uns nomes que o pianista Jesus anunciava na Associação: Chopin, Rachmaninoff, Franz Liszt... Hoje estamos aqui, aplaudimos ainda, sim ("negro educado e bonito não faz arruaça..."), mas não é coisa nossa, é cultura imposta, má colocação de problema...

Tive pena do Deodato. Escurinho triste, com um pai daqueles... (Qualquer dia descubro o que aconteceu com a família dele.) Tive dó. Me deu vontade de dizer pra ele, quando tocava no tal clavicórdio:

— Vem com a gente, menino, nossa mãe vai gostar de você. Vem ver nossa casa, vem ver a família da gente, vem ver; vem ver a "negrícia" da gente. Você está morto, menino, mortinho!

Por que fui ao Benedito Corvo

Para Mário Medeiros

Que droga de vida, parado ali no Malungo, vendo a cidade se agigantar, cada vez mais rica, sem saber de minha cara

Quando a solidão apertou, desci ao Cambuci, apesar da chuva, apesar da hora.

Quando a solidão apertou, não procurei mais no Malungo a minha turma, era tarde, e a cidade vazia, um poço de chateza, tédio, visgo em cima da alma desencantada nessas ruas sem ninguém.

O vento frio chegava dos lados do Pico do Jaraguá, a tristeza nascia da vida estreita que a gente trilha, sem saber se poderá alargar-se ou bater-nos em cima o punho poderoso e deixar a gente indefesa, admirando, boca aberta, os arranha-céus, os viadutos, a afirmação da riqueza de São Paulo, que, tenho certeza, virá um anjo com a espada e mudará tudo em merda e enxofre fedendo no Juízo Final. (Um grande lago pútrido, silencioso...)

Então, resolvi descer ao Cambuci, ir à casa do Benedito

Corvo, direção nossa quando não sabíamos o que fazer e tudo estava confuso por dentro.

Qualquer curta esperança servia, qualquer palavra do Benedito Corvo, o preto velho que — diziam — escutava a gente e nos deixava cabreiros, pois adivinhava o desencanto nosso, as feridas de dentro, e explicava por que olhávamos o mundo com olhos secos de medo, um engasgo na garganta e perdíamos o rumo de casa de repente.

De repente, por exemplo — e isso foi no Malungo —, de repente Carlinhos pousou o copo no balcão, olhou a praça João Mendes e falou pra gente, neutro, como alguém que contempla uma paisagem conhecida:

— Eu queria saber que espécie de merda o nosso avô deixou lá no eito, que não estercou o futuro pra gente.

De repente, Zé Carlos apertou meu braço, olhou meus olhos com uma cara morta, ele, um preto lustroso e bonito, olhou minha cara inteira quase um minuto, enfim disse pra mim:

— Você é um preto bicha, Paulinho, você vai acabar visitando Benedito Corvo, não vai?

Mas ele estava ébrio e eu perdoei o Zé Carlos, coitado, vivia com a alma desamparada, fraco do pulmão e só queria beber, perdoei.

— Vou ao Cambuci — falei —, Benedito Corvo é um velho bom, sofreu muito; basta isso.

— Você é bicha mesmo, Paulinho, visitar Benedito Corvo é coisa de bicha.

Mas ele estava estonteado, e eu me levantei:

— Com licença, vou andando.

Pendurei a conta com o Sebastião, amigo nosso, e me despedi do Formigão, o Vadico, o Petronilo, que ainda ficaram jogando cifras na conta mensal. Despedi-me; fui andando.

Fazia muito frio e passava pouca gente na praça João Mendes. Ainda tentei achar graça em voltar pra casa, mas, impensável, moro em Higienópolis, meu quarto é confortável, arejado, e dá para a praça Buenos Aires. Eu moro com o Hans, holandês, moço frágil, que me empregou como chofer e secretário e me aumenta o ordenado toda vez que falo em ir embora do apartamento dele, pois isso é trágico e ridículo para mim e muito mau para minha reputação na colônia afro-paulistana. Então vou ficando, vou ficando e enlanguescendo nessas poltronas fofas, pisando os tapetes do Hans, bebendo seu uísque e ouvindo os seus discos, enquanto o tempo passa e eu não consigo descobrir mais nada a meu respeito a não ser que estou aqui e devo dirigir nessas ruas infernais, aguentar os olhos azuis do Hans e de vez em quando cantar com ele *Lang zal ze leven!* [Que viva muitos anos!] no aniversário de sua mãezinha; dizer *Weest welkom!* [Sejam bem-vindas!] às priminhas que, quando menos se espera, chegam para visitá-lo, e ouvir a toda hora *Kijk, 'n neger!* [Mas é um negro!] de seus amigos da colônia, que vêm ver o Hans doente, servido por um secretário e chofer escuro como a desgraça e que se encanta com a música de Bach.

Desci então ao Cambuci, à casa do Benedito Corvo, numa ruazinha ali perto do largo, onde ele recebia rapazes como eu: lembravam-se das injustiças à raça quando não conseguiam pegar o carro do êxito ou não chegava nunca o galardão prometido, sonhado durante toda a meninice, garantido pelo bom comportamento, notas bem altas na escola, demonstrações de veraz amor à Pátria, ao verde-amarelo da Bandeira etc. Rapazes de caras iguais, tampinhas de Coca-Cola enfileiradas, magrelos, os olhos ariscos, a boca rente de quem mastiga a pele do mundo e não consegue chegar à carne, ao suco, ao que é bom e de que todo mundo tira um bocado, mas delicadamente nos desferem um pontapé no traseiro, se a gente estica os dois dedos, para apanhar o naco da gente mesmo, mas com rótulo para outros, e daí...

Escutem: não façam não como eu. A solidão apertou, corri ao Benedito Corvo, em vez de procurar em mim o apoio, a mola que me disparasse para outro rumo. A cidade é rica, doente de rica, há mulheres muitas por aí, os padres conselheiros, as livrarias, a gente chega e compra *Como tornar-se um homem gigante*, do Ria Cosmesso,[1] lê, boceja, joga os braços e começa a cavar o mundo até achar o coração da miséria. O resto é, encontrado, queimar na praça da Sé, em frente à Catedral, cantando a canção festiva do Zé Carlos:

Vaias para o Passado!
Com o auxílio de Deus chegaremos à estatura do branco! Aleluia!
Lágrimas pro meu avô!
Com o auxílio de Deus descobriremos que espécie de merda o nosso avô deixou lá no eito, que não estercou o futuro pra gente.
Com o auxílio de Deus. Aleluia! Aleluia!

Fui, então, ao Benedito Corvo.

Molhado, os sapatos pesados de chuva, cheguei; cheguei à porta dele, bati, rude.

— Entre, se é coisa justa! — ele respondeu. E eu, fala de conhecido:

— É o Paulinho!

Benedito Corvo, em São Paulo — me afirmaram —, era o único preto velho que sabia. Sabia o quê? Não me falaram não, nem o filho da mãe do Zé Carlos, nem o Neiva, nem ninguém. Só diziam:

— Poxa, descobrimos um preto velho que sabe, descobrimos.

Então, todo curioso, acariciava no pensamento um sonho envergonhado: ver Benedito Corvo, consultar a sapiência dele, ver se ele adivinhava que ferrugem danada me andava corroendo as entranhas d'alma. Eu, um moço sadio, inteligente, brioso, que cutucava a bunda da vida pra ela andar ligeiro e me deixar passar, de repente virei aquilo: parava no Malungo, bebia, gastava, andava com as mulheres, mas sem gosto. Eu decaía daquela idade alta, dos meus vinte anos que não tornam mais; eu decaía lá de cima donde os outros levantavam voo, como na poesia do Castro Alves que eu muito apreciava: "Aves de Arribação", "condor", "eu sinto em mim o borbulhar do gênio", mas o que eu sentia era, na boca, o borbulhar contente da cerveja; rumo do estômago, o descer festivo da batida de limão, maracujá...

Que droga de vida, parado ali no Malungo, vendo a cidade se agigantar, cada vez mais rica, sem saber de minha cara, vendo o instante passar.

Eu tava que nem o anu, que cata carrapato das vacas e que os moleques, no interior, fustigam com o estilingue porque é ave azarenta. Eu tava virando aquele passarinho desprezado, pretinho, de canto desprimoroso, o tiziu, e me lembrava de quando eu era pequeno e me chamavam: *ô tiziu, tiziu!*, e eu xingava a mãe, avançava contra e virava máquina de murro, pontapé, criança braba, ferida nos brios de ser bicho-gente. Tiziu é a que pariu! Tiziu é a mãe, viu? Vá à merda, viu?

Foi assim que comecei a rimar, nos verdes da infância (tiziu-pariu), e cheguei a escrevinhar meus versos, meus sonetos, que o Hans traduzia e mostrava aos holandeses da colônia, pra me valorizar, erguer-me diante deles. Mas que eu estava fazendo papel de tiziu, estava, e não condor, não ave majestosa, nunca! E eu, que lascava a canela dos moleques quando me chamavam de tiziu, estava pulando como ele, não em cima de cerca de arame, em paisagem amável, mas de bar em bar, e pior que ele,

66

muito pior, que o tiziu canta, canto feioso, mas canta, e eu não cantava e ficava silencioso, mudo e só, no Malungo, no Recanto do Bem-Te-Vi, no bar do Julião, na Barra Funda, com a turma, outros tizius, outros anus, jamais condores, jamais!

E, outra coisa: eles me enganaram. Acenaram o Benedito Corvo, falaram: é um preto velho tremendo, resolve tua vida num instante. Ele sabe... Ele sabe o quê?

É isso que pergunto, mas não me perguntei quando a solidão apertou e eu desci ao Cambuci. E, no final de contas, era tempo de procurar gente fora da turminha, cair longe daquela solidão que me devorava a vida rasteira como uma rama de batata-doce lá no fundo do quintal, que ninguém sabe quem plantou, se a chuva festeja suas folhas, se dá mesmo batata e, se dá, que espécie é: roxa, amarela, branca; ninguém sabe. Eu não existia, eu não voava. E eles me enganaram.

Por isso, fui ao Benedito Corvo: porque eu não sabia, porque a vida estava doendo muito e, afinal, eu nem queria saber que é que o Benedito Corvo sabia, se é que sabia mesmo alguma coisa. A vida doía; então fui.

Genoveva

— Nossa irmã era bonita, diferente de nós, não sei... Nós no cafezal, ela não percorria com a gente

Penso em tia Genoveva. Penso e minha imaginação escolhe um rosto e um corpo para ela. Não a conheci, mas as conversas em família arrumaram um lugarzinho para tia Genoveva ali, juntinho ao fogão. Tem os olhos vermelhos e tosse, pondo a mão no peito, curvando-se pra nosso lado. Meu pai fala:

— Veva, você tá doente, você tá mal.

O fogo crepita bonito e faz festa no seu rosto, macerado rosto, onde uns vincos falam do seu caminho de dores. O fogo crepita e uma labareda verde se avantaja e o rosto de tia Genoveva ganha uns achados cor de verde e nos seus olhos surge um campo florescido, como o mês de maio na fazenda de Sinhazinha.

A fazenda de Sinhazinha, ô lembrança dolorosa!

Ô lembrança velha, no cantinho do coração, lembrança que não se esmaece, mas cresce e me avassala!

— Tua tia sumiu — diz meu pai — atrás daqueles montes, o Serrão.

Olho o Serrão, as pedras negras, que me caem n'alma como um soco. Eu estremeço e parece que tia Genoveva, sua demência, caiu dentro de mim com as pedras.

— Tua tia, filho, foi a mais nova de nós.

Olho o rosto de meu pai, seu chapéu velho, com a larga faixa cor de ouro, o largo nariz que conhece o odor destes campos, donde tia Genoveva se partiu, com a memória vazia, os rumos da vida transtornados.

— A mais nova de nós. Chegando a idade não foi apanhar café com a gente, pai não quis. E vimos também que era diferente. Mulata bonita, filho. Mulata, a bem dizer, morena… Tua tia, moça bonita, minha irmã.

Penso em tia Genoveva. A voz de meu pai, naquela noite de inverno, na fazenda de Sinhazinha. Fui visitá-lo, cheguei tarde. Perdi-me nas veredas, a noite me pegou. Caminhei, então, sem norte, procurando a casa de pai. O mundo, quieto como um cisco. Meu pensamento, então, convidou as lembranças da família. Andando vi, a bem dizer "como no real", tio Lázaro, "Vó" Joaquina, prima Lurdinha… Vi no pensamento, pois andava procurando a casa de pai. À noite, sem clarão de lua, cega, buscando um oco de luz. Falei então aos meus parentes, muito tristes no meu pensamento:

— Vocês não se unem. Há um mistério com vocês. Não acreditam? Tio Lázaro, "Vó" Joaquina, prima Lurdinha já se viram, se abraçaram, disseram:

— Vim passar uns dias, trago uma galinha? Nossa família… não se procuram, mas, se vêm, chegam carregados de desesperança. E eu, por meu lado, nem consigo encontrar a casa de pai.

Súbito o pensamento foi podado por um ruído.

Era noite sem lua, sem lume de vagalume, sem luzinha de pito de caminhante, o que é amparo ao solitário em estrada erma. No matinho, o ruído. Era noite. Pulei no meio da estrada, agucei atenção. Encompridei as pernas, pra modo de fuga... A mulher apareceu, a mulher e sua cestinha de vime. Eu mal olhei, pois ela atuava fora dos focos do mundo: suas órbitas sem memória, sua boca seca. Pensamento? Imaginar? Como pensamento, se eu estava com a família? Como pensamento?

Achei a casa de pai, já nos confins da noite. Os galos procuravam o sol, entre a neblina, ciscando. O mundo despertava e umas florzinhas belas, jeremins, saudavam a poeira amarela, fulva como ouro.

Achei a casa de pai, logo falei:

— Perdi-me nas veredas, a noite me pegou. Vi a mulher e sua cestinha de vime... Que conta?

Meu pai, sentado, então contou:

— Nossa irmã era bonita, diferente de nós, não sei... Nós no cafezal, ela não percorria com a gente, nasceu errada pra gente. Parecia filha de outros, os modos de sentar, de falar, de rir. As mãos dela pegavam diferente, com modos de moça rica. Então Sinhazinha pediu, ela foi lá, no casarão, olha...

Junto à porteira, a mão de pai pesando no meu ombro, olhei o casarão da fazenda, através da neblina, através do ar que carregava muito cisco rumo ao sol.

— O casarão — balbuciei — então tia "Veva" saiu de lá?

— De lá pro Serrão, do Serrão pro desaparecimento... Com a cestinha de vime na mão subiu aqueles desvãos, vê, aquela pedra...

— Aconteceu?

— Levava um filho na barriga, minha irmã, mulata bonita, diferente de nós. Modos de moça rica. Parecia filha de outros...

Quando a voz de meu pai começou a tremer, eu disse:

— Eu vi ela com a cestinha...

Meu pai, porém, não respondeu. Cuspiu na poeira, bateu o chapéu no joelho, olhou, muito triste, o Serrão e, entrando:

— Antes apanhasse café com a gente a irmã Veva. Diferente de nós, minha irmã tão bonita! Antes apanhasse café!

Medo

À memória do padre Miguel Switzar

Fui apóstolo, um dos doze na matriz de Nossa Senhora de Lourdes. Vesti túnica azul e, corpo escuro e magrinho, me contemplaram bonito, retinho, digno

I

Quando padre Miguel decidiu que já era hora de escolher os meninos para apóstolos, eu estava varrendo o refeitório. Ele mandou o Deodato tocar o sino, que todos viessem, ninguém devia ficar distante, senão pareceria privilégio e ele talvez excluísse algum de nós da escolha, sem querer.

Eu estava no refeitório; Dona Alice mandou que eu varresse tudo, passasse pano molhado no chão e espanasse as cadeiras, porque aquilo estava uma pouca-vergonha de sujo e assim não podia continuar, que refeitório não era chiqueiro.

O sino tocou; eu passava o pano. Logo ouvi o João Grande gritando: escolha dos apóstolos! Padre Miguel está chamando!

Achei que não devia ir, mas olhei da janela e vi o orfanato

inteiro surgindo do pomar, da carpintaria, da sapataria, e os meninos pareciam felizes com o chamamento do sino àquela hora. Eu não ia não, eu ia continuar a arrumação do refeitório, não me interessava ver o padre Miguel dizer assim, como no ano passado: Deodato, João Grande, Luquinha, Jônatas, Zezeco são os apóstolos este ano. Não me interessava; eu ia era passar pano molhado no chão do refeitório; não me interessava.

Os meninos foram chegando, desceu um silêncio comprido sobre o orfanato e lá na várzea ouvi a Eritreia mugindo, ouvi o barulho da bomba d'água no prédio novo, mas, de repente, os meninos estavam quietos, como em dia nenhum eu tinha visto.

Eu quis dar uma olhada, saber o que estava acontecendo, mas achei que não devia: o refeitório era imenso, levava muito tempo para varrer tudo, passar pano molhado, tirar o pó das cadeiras. Dona Alice ficaria brava comigo se eu fizesse minha obrigação de qualquer jeito. Eu quis, sim, olhar. Eu nunca tinha ouvido tanto silêncio no orfanato. Os meninos eram estrepes, deixavam o padre Miguel quase doido, e, mesmo o sino tocando para as refeições, para ida à capela ou a hora do banho, ainda conversavam, riam alto, passavam pé na gente pra ver tropicão de menino bobo reclamando:

— Padre Miguel, o Zezeco tá me arreliando!

Ou então pisavam no sapato de verniz do Henriquinho ou puxavam a cinta de camurça dele, chamando: filhinho da mamãe, filhinho da mamãe! E o Henriquinho chorava, com aquela bocona, e o padre Miguel perdia o controle e falava pra ele: "Fica quieto, Henriquinho!", e o Henriquinho berrando, porque o Henriquinho era menino pequeno e alguns maiores invejavam ele, que recebia visita todos os domingos, e a gente, se passava perto, ouvia a mamãe dele, passando a mão nos seus cabelos: "O filhinho se acostumou no 'colégio'? Qual o melhor amiguinho do meu filhinho?, diz pra mamãe, diz". Eu ia passando ao lado e ele falou que era eu, o Mateus. E me olhou com um olhar tão de amizade e confiante que eu parei e cumprimentei a mãe dele; ela me pôs a mão na cabeça, falou: "E tua mãe, vem hoje?". Eu disse que não — minha mãe nunca podia me visitar, porque...

Ela, então, ficou muito triste, me deu um pacote de bolachas, que corri distribuindo entre os meninos maiores, os mesmos que amolavam o Henriquinho, chamando ele de merdinha.

De repente, vi que o orfanato parecia vazio. Só se notava, na quietude, um ventinho que fazia tremer as folhas dos jacaratiás e, espalhado no ar, o quente perfume que subia de uns pés de cambucá. Uma cigarra começou a zinir no matinho. Na várzea, Eritreia continuava mugindo. De repente, terminei minha obrigação e fiquei sem nada em que pensar. Fui até a janela; olhei. Os meninos não estavam no pátio, só o sol ocupava o cimento com uma claridade doida. E os meninos? eu perguntei, mas só o refeitório limpinho, as mesas e as cadeiras, todas ajeitadas no seu lugar, tudo cheirando bem, me ouviram. Então saí, desci a escadinha, olhei os lados de Suzano, Mogi, além da várzea, além da solidão, porque eu não queria não ver a escolha dos apóstolos. Se fossem uns trinta, talvez me ajeitassem um lugarzinho, mas doze, como podia ser? Com tanto menino bonito, que o povo, para a cerimônia, queria uns que não fizessem feio, tivesse um, por exemplo, com rosto de anjo, o São João, porque São João, bem-amado, encostou a cabeça no ombro de Cristo, devia ser muito bonito e, depois, pensando bem, mesmo Judas devia ser dono de uma cara seca e chupada, branquela.

II

Nisso apareceu o Zezeco, vinha correndo e falou:
— Padre Miguel tá chamando!

Fui atrás dele. Vi que tinham se reunido na capela, por isso não ouvi o barulho deles. Por isso, todo o silêncio. Não pensei que estivessem na capela, não pensei.

III

Padre Miguel não se zangou comigo. Então me ajoelhei, me benzi com o sinal da cruz e, depois, chegado ao fundo da capela, sentei-me, como os outros. Padre Miguel, na frente, falava:

— Eram doze os apóstolos; lembre nomes de alguns deles, Luquinha.

E Luquinha lembrou: Pedro, João, Mateus, Bartolomeu; desistiu, até que o Zezeco soprou: Tomé, e o Luquinha, depressa: Tomé!

— Ótimo, Luquinha!

Padre Miguel ficou quieto, pensando.

Estávamos ali, trinta e cinco meninos, ante ele. Depois de explicar sobre os apóstolos, escolheria os doze para figurarem na matriz de Nossa Senhora de Lourdes, à noitinha, de túnica — amarela, vermelha, azul — e ganharia um pãozinho cada um e dinheiro enrolado em papelzinho colorido. Era bom ser apóstolo.

Após explicar que não queria menino com dedos sofrendo de frieira, unha lascada, nem canela com piririca, padre Miguel pensou mais um pouquinho, me fitou lá no fundo da capela e expôs, por fim:

— Os apóstolos deste ano são: Deodato, Moreira, Luquinha, Rosivaldo, João Grande, Timóteo, Mateus...

Quando padre Miguel falou Mateus, toda a meninada se virou para mim e eu, que estava lá atrás, me virei para o lado da parede, escondendo a cara. Mas padre Miguel confirmou, me fixando muito firme:

— Mateus, você é apóstolo!

Meu coração batia demais rápido, doidando na caixa do peito; eu queria me esconder, ficar encolhido debaixo do banco. Os meninos me olhavam, graves, severos — me pareceu. E vi no Luquinha, loirinho, o São João; no João Grande, menino taludo, o São Pedro; Rosivaldo, caboclinho, o Bartolomeu, reunidos no cenáculo, na Quinta-Feira Santa, combinando como, daquela vez, devia ser o costumeiro jantar com Jesus Cristo. Eles me olhavam duros, eu tinha dado algum passo errado, tinha prejudicado os arranjos da ceia...

Mas padre Miguel, ali Jesus Cristo, repetiu, agora chegando perto de mim, pondo a mão no meu ombro, mão ampla, pesada, que me agarrou o medo lá no fundo da alma, para o trucidar:

— Mateus, neste ano você é apóstolo!

Então Henriquinho, olhos muito contentes, me ficou olhando, aplaudindo a decisão do padre Miguel; depois, voltou-se, rosto fechado, para a cara dos meninos maiores; fitou, após, a face do padre Miguel, e exclamou:

— Xi, Mateus tá chorando...

IV

Nunca lavei, com tanto carinho, meus pés. Bucha untada com sabão de coco esfreguei neles; com caco de telha, raspei; areia esfreguei neles. Depois, mais bucha, mais caco de telha e sabonete para pegar perfume. Eu me via confuso. E ouvi que alguns meninos, no pátio, gritavam: Mateus é apóstolo! Mateus é apóstolo!

V

Fui apóstolo, um dos doze na matriz de Nossa Senhora de Lourdes. Vesti túnica azul e, preto e magrinho, me contemplaram bonito, retinho, digno. O povo todo me olhava, muita mulher cochichava. Eu me via no Cenáculo, convenci-me, Jesus Cristo, o Senhor, ia lavar meus pés.

Verdade que, logo depois de me ver no tablado, aproximou--se o pânico, e eu quis disparar em direção da rua, porque eu não aguentava, era muito pesado, tudo, a túnica azul, o pãozinho, a toalha branquíssima, o povo assistindo, iluminado pelas luzes das luminárias acesas na matriz.

Mas a escolha e a ordem do padre Miguel — "você é apóstolo!" — me enrijeceram e eu sentia, no real, a mão dele, ali no meu ombro, o tempo todo, firme, teimosa, me segurando para que eu ficasse sentado até que o cônego Leonídio me lavasse os pés.

Então eu não fugi, eu não fugi não; aguentei a cerimônia, recebi o pãozinho, o dinheiro; eu não fugi.

Louçã

Apareceu uma moça muito bonita, cabelos curtinhos, olhos graúdos em um rosto de quem olhava o mundo com bastante prazer

I

Naquele tempo, eu vivia bem. Minha tia iniciara um negócio de doces e salgados, prosperava, vinha gente de longe fazer encomendas.

Carros de luxo diante de nossa porta, ia ver era a dona chique, percebia-se, pela desenvoltura com que caminhava, que se achava bem-colocada e satisfeita na sociedade, seguia desimpedida de acanhamentos. Eu, da sacada, ficava atento a tão bonitas senhoras ou moças-mamães que vinham acertar com minha tia:

— Meu filhinho faz anos; desejo três dúzias de seus bons-bocados, dona Luiza.

Admirava-as quando desciam do automóvel.

Sem dúvida, deviam existir outros locais para suas encomendas, mas nosso bairro era bonito, encantador; nas ruas, moleques conversando nas calçadas, se distraindo; no tempo das pipas, cabecinhas voltadas para o céu, sonho de fazê-las subir até as nuvens; desfilavam, a toda hora, indo ao mercado ou à venda, umas negrinhas soltas e aéreas, carregando na cabeça invisíveis cestos de alegria, algo inexistente onde as freguesas de tia Luiza moravam. Elas gostavam do nosso bairro — eu pensava.

E eu ficava olhando da varanda. Mas poucas daquelas donas me sabiam ali quando desciam do seu automóvel. Então, por distração ou adolescente devaneio, me demorava contemplando suas pernas bonitas, muito brancas, algumas até formosas. Depois, quando subiam a escadinha e passavam perto da varanda onde eu me encontrava, invadia o ar um olor de perfume grã-fino — assim eu o sentia —; para mim, de violeta, a flor de que eu mais gostava.

O negócio de minha tia seguia muito bem. Ninico, meu irmão, saía para a escola na parte da tarde e eu, nesse período, entregava encomendas. Por bastantes bairros caminhei, no meu ofício, bairros de muita beleza, sem água de esgoto escorrendo em algumas calçadas, nem sacos de lixo esquecidos a poucos metros da viela, como acontecia perto da casa de tia Luiza. Naqueles anos, ruas do Jardim Paulistano, Vila Madalena, Cerqueira César, Pinheiros percorri com afã. Minha tia às vezes reclamava:

— Precisa ser mais esperto nas entregas; os doces de madame Stachini não chegaram a tempo.

Eu prometia cumprir com mais rigor meu compromisso, mas era difícil. Eu parava diante de mansões pintadas com muito esmero e riqueza, e me extasiava quando, regressando às vezes para casa à tardezinha, dentro de muitas delas já haviam acendido luminárias nas salas e nos escritórios. As luminárias me deslumbravam, e, mais fosca fosse a luz, maior o deslumbramento, pela intimidade que sugeriam.

Se era começo de tarde, e ainda sobrava bastante tempo para as entregas, eu ficava admirando os jardins bem-cuidados e com flores que eu nunca tinha visto em nosso bairro; demorava-me diante dos terraços, de varandas espaçosas, onde pousavam cadeiras para gente acostumada a boas conversas, reuniões para tomar chá ou degustar alguma bebida cara.

Mas não era só isso.

Crescera rente ao muro de uma casa no Jardim Paulistano um pé de embaúba tão bonito que eu não podia passar perto dele sem me deter.

Ora, era ali a rua forte das encomendas de tia Luiza, digo mesmo, a mais compensadora. E eu parava diante dele, a cesta na mão, a alma tremente. Eu gostava demais daquele arbusto, não podia me conter e era impossível continuar caminho sem vê-lo. Me fazia lembrar a estradinha que meu pai e minha mãe percorriam quando, de madrugada, saíam para apanhar café na Fazenda Cristiana, eu com eles. Lá, um pé de embaúba, tão belo como aquele do Jardim Paulistano, se apresentava logo no começo da estradinha, aturando o vento da manhã e o frio impiedoso que eu também sentia. Então pensava: esse pé de embaúba sofre como eu geada e vento bravo. Eu tinha sete anos.

II

Eu era, naquele tempo das entregas, um adolescente muito magro e dado a repentinos silêncios. Parei de estudar depois do ginásio, porque não suportava estar junto de outras pessoas. Minha tia contou ao médico, que me submeteu a exames e falou:

— Tem boa saúde, muito boa saúde, mas a idade é difícil, dá dessas coisas. Deve compreender.

Então minha tia tentou me compreender. Dirigia-se a mim sempre com muita calma e buscava pôr na fala alguma doçura, que a voz dela quase sempre era ríspida; castigava demais as palavras. Por isso, se eu estava quieto, não me chamava para fazer algum serviço, que não fosse o de entregar os doces e os salgados; dar recados, por exemplo. Quando percebeu que eu gostava um tanto de ler, começou a tirar algum dinheiro do seu ganho para eu comprar livros. O livreiro Miguel era muito meu amigo, e era sua loja que eu escolhia para adquirir o que me interessava.

As primaveras, do Casimiro de Abreu; *Os escravos*, do Castro Alves; *Gritos bárbaros e outros poemas*, do jovem e infeliz Moacir de Almeida, foram os primeiros que comprei na loja do Miguel. Tudo devido à compreensão e ao carinho de minha tia Luiza.

É por isso que não me esqueço de minha tia Luiza e meus olhos quase que choram, sempre, quando penso nela. É por isso também que o meu abraço mais de irmão pertence ao Miguel, que me entendeu naquele tempo e ainda hoje é muito franco quando me abraça na rua.

Mas naquela tarde eu devia entregar empadinhas numa casa quase no fim da rua Lucrécia, no Jardim Paulistano, uma que abrigava junto a um muro dois pés de fícus-benjamim bem crescidos e onde pousava muita sombra, trazida pelos pinheiros antigos que a circundavam. Passarinhos, quando eu chegava, quase sempre estavam cantando em dois grandes viveiros. A casa, pela aparência, era bastante velha e tinha um sótão pintado de verde. Fora construída no fundo de um terreno muito comprido, mais estreito no fim.

Toquei a campainha; ninguém atendeu. De novo toquei, pois eu tinha pressa e a condução de volta era difícil de enfrentar naquela hora de abarrotamento de trânsito.

Eu estava lendo O *guarani*, presente de tia Luiza no meu aniversário, e queria terminar logo para começar *Judas, o Obscuro*, do Thomas Hardy, emprestado pelo Miguel, que me recomendou, acrescentando que de jeito nenhum eu podia deixar de ler; portanto, era urgente entregar tudo bem depressa, para atender à recomendação do meu amigo Miguel.

Eu já ia saindo de perto dos pés de fícus-benjamim, do gramado extenso e dos pinheiros sombrios, quando lá em cima, no meio do silêncio, se abriu uma janela, bem estreita. Apareceu uma moça muito bonita, cabelos curtinhos, olhos graúdos em um rosto de quem olhava o mundo com bastante prazer — me pareceu —, e perguntou o que eu queria:

— A encomenda para madame Abieux — respondi —, vim entregar.

Logo ela desceu e, com a porta entreaberta, pôs-se a me olhar, curiosa, por algum tempo, mas eu atravessava a presença dela e fitava a casa grande e as árvores já quase cobertas de noite. Ficou me olhando; depois falou, me trazendo um grande susto:

— Entra um pouco; deve estar cansado.

Entrei, muito medroso de que o pai dela me visse, ou a mãe, talvez alguma empregada. Não veio ninguém me olhar seguindo a moça e eu prossegui até uma sala grande, sofás com encostos muito altos; no chão, tapetes espessos de chenile, cor azul-claro. Nas paredes, uma imensidão de quadros, alguns com molduras bem largas, douradas, outros com filetes esverdeados. Tudo aquilo me assustava e, com a cesta na mão, só pensava em passar para a moça, que entregasse à madame Abieux.

Pouco distante dos sofás, aberto, mostrando teclado de marfim todo amarelecido, pousava um piano preto, de caixa extraordinariamente alta. Sem achar o que fazer, já me dirigia na direção dele, mas a voz da moça me segurou com muita suavidade:

83

— Senta aqui, quero saber um pouco de sua vida. Eu sou Rosália; Rosália Rosedo de Cerqueira Abieux.

Então eu quis conversar com Rosália, sentado quase na beira do sofá, mas ela riu, levantou-se, ligeira, correu na direção de uma mesinha próxima. De uma bonbonnière bojuda pegou dois tabletes de chocolate:

— Um meu, outro seu!

Então, mais próximo, comecei a contar a Rosália que eu viera entregar ali, na rua Lucrécia, encomendas de minha tia. E, contente com o sabor do chocolate e com o jeito bem simples dela, me animei:

— Tia Luiza viveu muitos anos aqui nesta rua, sabe? Minha tia cozinhou para quatro famílias, durante vinte e cinco anos. Vinte e cinco anos; ela sempre se lembra disso. Ela se orgulha de ter cozinhado por vinte e cinco anos... Hoje, minha tia só faz doces e salgados, por encomenda.

Rosália, quieta, só me olhava; depois se levantou, de novo, correu a uma salinha, ao lado, e de lá trouxe uma maçã e dois cálices com um líquido verde e perfumoso. Se via muito feliz — me pareceu — com o que estava me oferecendo. E, então, ria, igual menina pequena, toda contentamento. Me pôs na mão um dos cálices:

— Seu e meu! Brindar!

Eu bebi um gole, com dificuldade; ela me tirou a maçã da mão que não retinha o cálice. Pousou-a sobre uma mesinha ao lado do sofá. E, infantilmente mandona, rindo ainda:

— Depois você pega. Mas você não falou seu nome.

— Lírio, Lírio da Conceição.

Chegou-se mais perto de mim, embevecida:

— Então, Lírio, como é sua vida; mora com sua tia?

— Tia Luiza é demais boa, é a única pessoa que tenta me compreender.

— Sei. É difícil. Gente é difícil.

Pensativa, fazia voltear agora, bem devagar, o líquido que restara no fundo do cálice.

Encorajei-me:

— Por que me chamou, moça?

Eu começava a reparar que a saia dela era muito afrontosa. Desinibida, estabanada (meu cálice, por um toque brusco de sua mão, foi parar no tapete, largando nele um borrão imensamente verde), toda à vontade, que a casa era dela. Mas as pernas... Eu as via, perturbado, suavemente penugentas, um matinho delicado de pelos, trazendo-me sugestões muito confusas.

Pensei na varanda da casa de tia Luiza, nas tardes em que não saía para entregar, quando, sem receio, contemplava algo do mundo das jovens madames que desciam do carro, esperando, depois, à passagem delas, o olor já conhecido do perfume de violeta.

Mas Rosália, inesperadamente, me pegou a mão:

— Gosta de música?

— Gosto, sim, de música — falei.

Mas ela não me fez ouvir música nenhuma, e perguntou:

— Gosta desta casa?

— É muito bonita — respondi e, procurando, quase no desespero, uma palavra de melhor cabimento, reforcei —, muito louçã.

— Louçã? Que quer dizer louçã? Eu não sei.

Começou novamente a rir, contente, entremostrando dentes alvos, como pedrinhas de capricho.

— Eu quero dizer bonita, moça. Isso, bonita.

— Não — falou, entusiasmada, talvez pela oportunidade de me contestar —, não pode ser somente bonita, deve ser outra coisa. Vamos ver no dicionário!

Subimos escada comprida de mármore muito branco, corrimão dourado. Eu tropeçava em tanta maravilha, tapetes com centímetros de espessura e um cheiro perfumoso em tudo. Um outro mundo. Chegamos à biblioteca; ela não sabia de dicionário nenhum, pediu que eu procurasse.

Subindo por uma escadinha de metal, pude ver bem perto os livros do alto.

Então me deslumbrei com as dourações nos lombos de tantos volumes, lindezas sem par, obras de artista grande, sem dúvida. Disse a Rosália:

— Nesta multidão, não encontro dicionário, mas tem livros muito belos aqui em cima.

— Diga um! — falou —, diga mais de um!

— *Iracema, Til, O gaúcho* — enumerei, palpando dois dedos nas lombadas, caminhando-os sôfregos sobre as primeiras páginas, frases de início; sonhava, sabia que aquele era um instante único em minha pequena vida, cisão absurda.

— Que mais? — perguntou.

Como que acordei do meu devaneio:

— *Pelos sertões do Araguaia.*

III

Quieta agora, continuou quieta por ainda um bom tempo. Eu não me encorajava a falar sem que Rosália falasse primeiro.

Desci, fiquei ao lado dela, no aguardo.

E ela, de volta a si:

— Araguaia? — e riu-se, igual a uma adolescente que se finge de menina pequena. Ainda por algum tempo ficou fitando os volumes, lá no alto, perdida no meio do silêncio ali e na casa toda espalhado.

Após:

— Louçã... Gostei. Louçã, romã, maçã...

Eu ansiava sair dali, porque a noite cercava a casa, o jardim, escurecia também dentro de mim. Eu queria sair.

— Moça...

— Quando papai chegar, vou perguntar pelo dicionário.

— Quero ir embora.

Agora, contida — e pareceu-me um tanto triste —, deu-me novamente a mão, apertou-a, macia.

Abriu-se:

— Muito obrigada, Lírio. Eu estava tão triste e sozinha. Vai entregar mais?

— Não; foi a última. Chegando em casa, vou terminar de ler *O guarani*.

— Foi lá que você viu escrito louçã?

— Não, mas eu tenho um dicionário. Quando passar aqui, em outra vez, te trago escrito o que é louçã.

IV

Com as encomendas de tia Luiza carreguei durante bastante tempo um bilhete, já sujinho e amassado, copiado com muito capricho e afeto, para dar a Rosália Rosedo de Cerqueira Abieux:

Louçã̃o, adj. — *Garrido, elegante, gracioso, gentil, viçoso.* — *Fem. Louçã; plural louçãos (Cf. Loção).*

A casa de Rosália não era exatamente louçã, mas...

A janelinha do sótão nunca mais se abriu.

Minha tia me falou que os moradores daquela casa eram muito esquisitos. Cozinhou seis anos para eles, não aguentou e teve que sair.

Família

À memória do professor Ovídio Pereira dos Santos

É disso que eu gosto: Ovídio no meio daquele povo preto, nas tardes de domingo, comentando, diante de todos, sabedoria e cultura de negro

I

Quando chego, Jacirinha corre para se arrumar, Ovídio ri um riso bom e eu fico contente. Família. Dona Olívia, enxugando as mãos no avental muito alvo, vem lá dos fundos:

— Bem-vindo, meu filho! — e eu me sinto feliz.

Eu abraço todo mundo com um coração muito grande e eles me mandam sentar. Dona Olívia volta para os fundos. Ovídio continua rindo. E meu coração cresce de alegria, porque Jacirinha aparece arrumadinha, os cabelos alisados, dentro de um penteado bem moderno, me estende a mão e ralha:

— Pensava que não viesse!

Vou aos domingos. Ninico sai para o cinema, eu leio um pouco. Domingo é longo, as horas esticam e olhar pela janela não resolve. Depois ouço música. Gosto de Mozart, ganhei um LP dele e ponho na vitrola à noite, bem baixinho, quando todos dormem. Vibro e desço aos tempos velhos, às rendas nos punhos, às cabeleiras empoadas dos "lords". Titia falou que eu quero ser "lorde", porque trato toda gente com muita delicadeza. Ela gosta assim e, quando vem visita, mostra meu LP e explica que eu amo as coisas finas e sentimentais. Mas, nem tanto.

— Herdou a alma da defunta Marta, que Deus a tenha — e minha tia pede que eu toque um pouquinho da "Sonata" para as visitas. Toco, elas fazem tudo para gostar, mas não conseguem.

Então, aos domingos, vou à alameda Canuris, no bairro Indianópolis. Guardo meu disco no armário, debaixo das camisas, e saio para a casa do Ovídio.

Ovídio é um negro altíssimo de espírito, um "negus" na alameda, onde os moradores — exceção, ele e família — são todos brancos. Ovídio comprou o terreno, em tempo de pouca valorização; depois, bem perto, foi construído o aeroporto.

Negro nenhum mais chegou à alameda para morar. Por isso, fácil perceber que a paisagem humana se transtorna, aos domingos, quando há reunião na casa do Ovídio. Mas em certos dias da semana, a partir das oito da noite, também aparecem moças muito simples, quase todas domésticas, que recebem alfabetização ministrada por ele.

É disso que eu gosto: Ovídio no meio daquele povo preto, nas tardes de domingo, comentando, diante de todos, sabedoria e cultura de negro. Depois, Jacirinha, que se fez moça muito de repente. E dona Olívia, o tempo inteiro risonha, trazendo o café e os bolinhos de chuva. Família.

O descanso e a tranquilidade caem fundo dentro de mim como uma pedra.

A sala não é espaçosa, mas, mesmo cheia, nos dá conforto.

Escolho a cadeira de palhinha, já esfiapada, perto da estante de pinho. Sento e mastigo, satisfeito, o meu bolinho. Tudo com muita calma e amor às coisas plácidas, porque é domingo e a noite não começou ainda a se apossar do céu.

— Quando volta aos estudos? — Ovídio me interroga, dirigindo rumo ao meu rosto os olhos mansos e grandes. Vejo afeto na pergunta dele e fico contente em poder lhe dar todas as informações:

— Para o ano, Ovídio; o médico acha que não há pressa.

Jacirinha agora saiu do quarto. Perfumada com uma colônia bem suave, leva uma cadeira para o lado do Ovídio, senta-se e começa a ler *Grande Hotel*. Não demora estarão chegando a espaços, "patrícios" à alameda. E já visita o ar o anúncio da noite; uns ramos de jasmim-do-poeta, avistados da sala junto a um pedaço de muro, parecem contentes com o frescor que se mistura à semiescuridão. E a água do poço da casa do Ovídio já está mais fria. A noite chega; talvez, à alameda, que fica em lugar alto, chegue logo também o vento.

— Boa noite aos de casa, boa noite aos presentes! — o vozeirão prenuncia homem encorpado, enorme.

Quinzão, alto, de uma estatura de assombro, entra. Depois se anuncia o José Nunes, depois dona Margarida, tesoureira da Confraria de Nossa Senhora do Rosário dos Homens Pretos. Ovídio é o "negus" e a palavra dele, como báculo de bispo, é todo autoridade.

Jacirinha, antecipando-se, indignada, informa que barraram a pintora Raquel Trindade[1] na Boîte Antonio's, leu em jornal, mas morre aí a notícia, escasseiam os comentários, pois, dos presentes, ninguém jamais entrou em boate e há pouco interesse em avaliar a gravidade do ato racista contra Raquel. Depois chega o poeta primitivo Leôncio Vaz, o que estruge, na Associação Cultural do Negro,[2] os versos que são o seu anúncio:

A África está se libertando!
A África está se libertando![3]

Seus olhos são fundos e ele é esguio como um diabo de gravura. Leôncio entra, Ovídio brinca:

— A África está se libertando!

Dona Olívia, da porta da cozinha, avalia o número de presentes. Não demora, regressa, sorrindo, com pratos de ágata cheios de munguzá fumegante. Ovídio pede café, fecha o colarinho e, depois de um pigarro:

— Quinzão, fala!

— Pois é, continuar com nossos jornais, precisamos continuar...

E Quinzão estaca, entrando o Ovídio:

— Esteve entre nós a secretária da *Ebony*, perguntou se temos revistas, jornais... Citei, além dos nossos, o *Redenção* e O *Pixaim*. O *Ébano* apodreceu, o *Redenção* há três meses que não sai. O *Pixaim* foi aventura de moleques. Vergonha é que foi para nós.

— O *Pixaim* foi torpedeado pelos "Negros Contemporâneos", nem deixaram que vendessem assinaturas. Ora, estamos divididos, e isso é fogo.

Ovídio ouve o desabafo, sorve seu cafezinho, devagar. Jacirinha retoca o esmalte das unhas.

Silêncio. Tem-se que pensar firme, meditar fundo sobre como transpor esse estágio dificultoso do *Novo Horizonte*, que já beira com a ruína. Já vem capengando há meses. Terminar tudo, após mais de dez anos?

Ovídio, olhos brilhando, como os de menino que acaba de receber um presente:

— Quinzão, aceita fundir o *Novo Horizonte* com o *Niger*?

— Depende; não é fácil. Conversando, esclarecendo, talvez... Dona Margarida podia expor ao pessoal da Confraria, que já andou interessada em ter página no seu jornal. Erramos por ter ficado tanto tempo sozinhos, Ovídio! Agora, *Novo Horizonte-Niger*, mais páginas, com o apoio da Confraria... Quem sabe? Delegue então a dona Margarida. Não entro em igreja.

II

Aos domingos. Sento-me e escuto o que discutem. E suas palavras me extasiam. Acompanho a mão do Ovídio, traçando no ar os planos do renovado jornal, com salvadora parceria. Acompanho sua mão grossa, os dedos curtos, apontando no mapa da cidade extenso na parede os bairros de maior concentração de povo negro.

A casa do Ovídio está perto do aeroporto. De vez em quando um avião que passa mais baixo estrondeia na sala. A palavra se perde por momentos com o ruído, mas se reata a conversação e os planos vão se alinhando, longos, atados a elaboração e minúcias. Dona Olívia espia do corredor, vem com a bandeja retirar os pratos raspados. Elogios ao munguzá. Ela ri. Jacirinha espia a noite pela janela. Família. O canário-do-reino canta bonito na varanda. Ela, olhando-o, fala com ele: psiu!

III

Ontem Jacirinha ficou noiva. Ovídio mandou recado:

— Vem, a ideia está correndo, logo teremos o *Novo Horizonte-Niger*, coisa séria.

Cheguei; era sábado. Jacirinha sorriu, carinhosa, como sempre.

— Pensei que se esquecesse...

— De quê?

— Do Ovídio, de nós...

IV

Agora estou sentado em frente do Ovídio. Cheiro o seu suor e apalpo, com pena, o motivo do seu silêncio. Jacirinha foi ao Serenaides Club com o noivo. Ninguém apareceu, nem Leôncio Vaz, nem dona Margarida, nem Quinzão; ninguém. Da estante de pinho retiro a velha edição de *Casa-grande & senzala*. O lombo roído por ratos; faltam páginas. Olho os dedos do Ovídio, breves, grosseiros. Ovídio ronca. Por um momento abre os olhos e sorri, mostrando compreensão, como a dizer que as coisas são assim mesmo.

Dona Olívia traz o cafezinho:

— Vai esperar, meu filho?

— Mais um pouco, dona Olívia.

— Então, janta com a gente.

Dona Olívia volta à cozinha. O canário-do-reino trina bem bonito. Ovídio acorda e limpa a unha com o canivete.

Civilização

*À memória dos malungos Odacir Matos, Aristides Barbosa,
Thereza Santos e Dalmo Ferreira*

— *O senhor é músico; o senhor lê... Então, que acha de Bach?*

I

Saí-me bem na Neurotic's House porque Fred foi com a
minha cara. Foi, pousou a mão no meu ombro, falou logo:

— Gostei de você, preto, gostei mesmo...

O mundo, bravo comigo, o desencanto mandava na minha
vida. Exemplo: o maestro Borino, que me alugara o quarto, me
enxotou e largou nos meus ouvidos umas palavras, com jeito
sofrido, mas largou:

— Assim não dá, Paulinho, a gente quer ajudar, mas vocês...

Aí está, vocês, pretos, pessoal de cor... Se traiu o maestro,
claro, se traiu. Vocês... ou seria: vocês, músicos, artistas? Não!
Borino não me aguentou, claro, na sua sala deslumbrante. Alguém lembrou a ele o destoo, o desequilíbrio no ambiente...

Peguei, então, minha mala, e da estante do corredor retirei

95

os meus poucos livros, com um raspão, como recolhendo faíscas pra meu começo de briga.

— A gente quer ajudar, mas vocês...

Parti, em seguida, para um hotel, depois de examinar o cheque de cem cruzeiros, assinado por Borino, pelas lições de Harmonia que eu dera em seu lugar. Quase cuspi no cheque. Dormi muito mal, levantei-me três vezes para urinar.

Palpando as paredes sebentas do quarto do hotel, senti que meu viver, aos poucos, ia se desmantelando. Senti mesmo que minha vida, daquele jeito, ia apodrecer, que eu precisava cuidar logo dela, como observara dr. Laurentino, pensativo, após um psicograma que eu tinha feito no seu consultório, por boba curiosidade. Sim, boba, pois, com a mão gorducha no meu ombro após o resultado, só afirmou o que eu já sabia, desde sempre: você é uma máquina lubrificada para briosas ações, mas precisa gostar-se mais, encarar-se com afeto, Paulinho! Diga a você mesmo: eu sou eu; por isso, muito me estimo! Enfrente o mundo com esse pensamento!

Sim, mas o que eu sabia também é que minha vida podia apodrecer, como uma fruta machucada, rolada pra debaixo da cama por alguma criança.

De costas, na cama, acompanhei o voo da barata, ziiimmm, tão breve. Minha vida, se assim prossigo, vai ter um voo breve, pensei, seria bom se eu morresse. Sou um sujeito feio, fendido por complexos, sou um preto fodido, isso, fodido.

Dona Aída, mulher do maestro Borino, falou que eu precisava gostar um tanto mais de mim. Bolas! Eu gostava era dela, mas com pureza, por Deus! Que olhos bonitos ela tem, que dentes, e que riso de semi-Gioconda... Eu gostava era dela, com pureza, por Deus! E com um sentimento que eu cultivava, atento, todo ardor. Podia ser minha mãe...

II

Às vezes, uma treva me assaltava e eu entrava mais no meu pedaço escuro. Tenho fases dessas: sou um sujeito espontâneo na multidão, dou meus gritos contra o ar e cumprimento as coisas; súbito me vejo preto, no sentido defeituoso: sou um sem irmão, solitário entre o povo; na rua que gera tumultos, me sinto um moço desgraçado.

Então, sem que eu esperasse e me deixando muito confuso, dona Aída chegava com a chávena de prata (tanto luxo comigo pra quê?), me trazia um chá, um comprimido. Eu quase chorava de sentimento, mas ela fazia que não enxergava e pedia que eu tocasse "Lembranças de um castelo antigo", sentimental noturno que eu compusera pouco antes de me abrigar na casa de Borino. Meus olhos úmidos, minhas finas mãos, meus braços tornavam-se asas de anjo, se ousassem tocar em dona Aída. Nada de tresvarios que, após, só me envergonhariam. Podia não gostar bastante de mim, mas de dona Aída eu gostava. Gostava dela, sim, e, sem rumo — pois não existia rumo —, me comprazia comigo mesmo na cama, evitando pousar a imaginação sobre ela. Sou um sujeito confuso; mas me resta no pensamento a imagem de dona Aída, sem respingo, sem jaça no meu coração.

Então eu tocava "Lembranças de um castelo antigo" e meus dedos, nos sons graves, arrebanhavam trevas, dragões e fossos. Dona Aída não se movia. Meus dedos ressuscitavam febres de princesas, paredes nuas e frias de masmorras. Mas o amor, ao fim, fremia sobre as teclas e ia, triunfante, subindo aos sons agudos, para a peroração gloriosa.

— Que coisa linda, Paulinho!

— Dona Aída, sou o seu músico. Essas lembranças "tuas são".

E eu ria pelas "tuas são", palavras de cavaleiro medievo cor-

tejando dama. Mas, comigo, nada de corte. Ela podia ser minha mãe e eu a amava, talvez, como a mãe que me morreu muito cedo. Outra coisa: eu era casto e dona Aída sabia. E se aproximava de mim, às vezes, com os olhos batidos e tristes; Borino bebia e passava a noite fora. Eu ficava demente de medo, pois era o meu fim, pois não podia ser assim: Borino nas boates e eu na sua casa, sob o mesmo teto, com dona Aída. E eu pedia a Deus que Borino se comportasse, que aquilo não ia dar certo. Pedia que voltasse a ser o sujeito tranquilo que conheci nos "Concertos Matinais", oferecidos ao público, todos os domingos, no Teatro Municipal. Maestro Borino, cabelos levemente prateados, testemunhando juízo, o riso bondoso para comigo e para com os outros rapazes, o peito largo onde cabia muita compreensão.

— Você tem talento, poxa… E está se perdendo nessas liçõezinhas bestas… Vem comigo, rapaz!

Fui. Era maio. Treze de maio, data de relembrar a Abolição, levei-o a uma conferência sobre "Negritude na Modinha", texto do musicólogo mulato Eduardo Embondeiro, nome que ele usava, que o de verdade era José Bernardino da Silva.

Borino mostrou-se muito impaciente durante a conferência, meneou várias vezes a cabeça e coçou a testa enrugada como a destrinçar enigmas.

— "Negritude"… Você vai sair de "negritudes" e outras bobas atitudes. Vai morar comigo… Você se perdeu, rapaz, você está perdido nesse chão! Desse jeito você não chega a ser nada, ouviu? Nada!

— Mas eu sou negro e isso me diz respeito…

— Não reparei que você era negro… É, interessante, você é negro…

E ironia, como uma clava, me fendeu a resistência. E ele me levou pelo braço e alugou o cômodo vazio de sua casa e de manhã, logo que saí do quarto, perguntou:

— Como é; dormiu bem?

E dona Aída trouxe o café para nós dois e se sentou também, mas isso como num sonho, porque tudo passou, e hoje sigo com outros passos. Hoje respiro o ar de loucura na Neurotic's House.

III

Mas não posso deixar de voltar a dona Aída.

É como uma flor que pende sobre o meu sono e roça-me a face na hora do pesadelo. Guardo daquilo uma indizível tristeza, eu, por opção, um debochado, e o deboche se tornou para mim arma poderosa, fez-me subir, com modos de gigante, na Neurotic's House. Aprendi a rir do mundo e de mim mesmo.

Mas há um momento em que meu coração cresce para abrigar a imagem dela; há um momento em que invento castidades nessa casa onde se encontram aleijões morais disfarçados como bolinhas de barro cobertas de açúcar. Dá pro garoto, ele pensa que é bombom e, claque!, comeu barro, e a garotada ri dele: comeu barro! Comeu barro! E ele é bobo, bobão.

Eu fui esse bobo. Evoluí modos de comportar-me. Agigantei-me no meu domínio. Casto e duro comigo, meus olhos, cor de aço, roíam, ao baterem nelas, as crostas das sujeiras do mundo. Eu, o rapaz de aço. Eu, o negro que se desejou paradigma e foi chamado de fresco e outras amenidades que os párias mentais armam contra o sujeito que se contém e não avança o sinal.

Mas, hoje, estou sentindo o bafo da loucura na minha cara, hoje minha carapuça é de desânimo, nojo. Sou um sujeito gretado e me defendo entre muitas safadezas. Procuro espécimes raros de desastres; catalogo-os para Fred, o doido, que me acha imprescindível e me paga salário muito alto.

Saí-me bem na Neurotic's House porque sou um preto inteligente e agudo (opinião de Fred) e também desamparado, após tentar a beatitude.

Fred leu meu livrinho de versos *Um homem tenta ser anjo*, riu alto, gargalhou até ficar roxo, perguntou:

— Você foi isso? Piada! Ah, ah, ah, piada! Pi-a-da!

Mas eu subi, tenho dinheiro, graças a esse doido rico e desatento à minha esperteza.

IV

Saí de manhã, picado de pulgas e com o nariz entupido de mofo.

— Vocês, pessoal de cor...

É isso: me levou com ele, fez que me deu a mão, mas por dentro se remordia de ter avançado o passo sem examinar minudências. Não viu que eu não cabia naquele quarto, naquela sala, não viu que um preto ocupa muito lugar se o deixam livre e ele é um sujeito que aprendeu a "golpear", isto é, educado, brunido de finezas, coberto de ouro, que é a educação, sim senhor. Preto é um sujeito muito danado, se descobre o engonço do êxito e trabalha na sombra, acobertado por "sim, senhor", "o senhor é muito bondoso para comigo", "nem tanto, minha senhora", e reverências que empinam o traseiro, mas empurram o carro do êxito pra frente.

V

Saí, então, de manhã, sentei-me num banco da praça da República, onde conversei com o José do Patrocínio (Patrocínio, sim, senhor; chamam aquele coitado, analfabeto, de José do Patrocínio. Ô José do Patrocínio!).

Abri, após, meu Cruz e Sousa, aquela edição de papel mendigo, do Zélio Valverde; li dois sonetos; não buliram comigo. Eu estranhei: se Cruz e Sousa não bole comigo é porque estou bem ruinzinho, estou começando a ficar podre, e um sujeito podre precisa ganhar dinheiro, se não fede, descasca, fica gretado e todo mundo fala: aquele é um que se danou antes do tempo e, se é um preto: é um preto "tu", não um preto "sim senhor".

Desculpem de eu falar assim, mas estou amargurado, amargurado mesmo. Prouvesse a Deus que eu me desgovernasse feito um idiota, mas no fundo abissal me encontrasse como um homem, um homem cutucando o chão do abismo, catando caramujo, mas um Homem, entendeu o senhor?, um Homem!

VI

Esses pensamentos de ser idiota etc. me afloraram ao me sentir surrupiado do cheque do Borino. Na praça da República. O José do Patrocínio não podia ser, pois eu lhe acabara de contar as peripécias do seu xará ilustre:

— Olha aqui, um negro aprumado, comprou um carro, já naquele tempo; tribuno (outro dia te explico o que é tribuno), beijou a mão da Princesa. Você, por acaso, não encontrou um cheque?

Sentei-me, então, em outro banco, desanimado. Peguei o livro de Cruz e Sousa, mirei a dona que passava, linda (Ó *Formas alvas, brancas, Formas claras*) e percebi que eu estava "emparedado". Percebi que os "*miseráveis, os rotos, são as flores dos esgotos*", percebi que eu apodrecera naquela manhã e que algo ia acontecer, naquele instante, algo que ia entortar-me o focinho da vida para outro lado.

VII

Era um sujeito de uns cinquenta anos. Cabelos loiros, olhos azuis, lábios finos e nariz fino, a testa larga, revelando inteligência muito alta. Homem bonito. Percebi, sem esforço, que era um branco. Parou na minha frente, a bengala de junco na mão, alçou o chapéu com uma inclinação graciosa:

— O senhor lê...

— Leio.

Adiantou alguns passos, um sorriso malicioso nos lábios:

— O senhor é um desocupado; o senhor lê... Em que trabalha?, se me perdoa a indiscrição...

— Professor de Piano e Harmonia, respiro um pouquinho para recomeçar.

Fixou-me alguns segundos e nos seus olhos azuis eu vi meu rosto preto, úmido de águas do Reno.

— O senhor é músico; o senhor lê... Então, que acha de Bach?

— Bach? — e arranjei uma cara de quem enfrenta muito complexa análise — Bach devia ser *Meer* [mar] e não *Bach* [riacho]. Escreveu o Antigo Testamento da Música. A música deve tanto a ele como uma religião a seu fundador. O *"kantor"* da igreja de Santo Tomaz continua sendo, ainda, o maior dos compositores.

Aí me falhou a memória, e as ideias, catadas brevemente em Kurt Pahlen, Schumann, e mesmo Caldeira Filho, se misturaram ao meu desânimo, de modo que eu não sabia mais nada de Bach.

Olhei a manhã, que caminhava rumo à tarde, os edifícios com suas barrigas planas de concreto, onde o sol batia como um borrão amarelo; olhei a praça da República. No banco, perto do coreto, o José do Patrocínio roncava.

— Bach é Bach, meu senhor.

— Eu gostaria de conversar... em outro local. Gostei de você, preto, gostei mesmo — e me pousou no joelho a mão peluda.

— Meu cartão, o cartão de Fred. Já ouviu falar na Neurotic's House? Não? Me procure, então, me procure!

Estendeu-me a mão, inclinando-se. E eu senti um odor áspero de colônia e seus cabelos, fixos como por goma, pareciam uma carapuça de ouro. E já a alguns metros de mim, repetia:

— Gostei de você, preto, gostei mesmo...

VIII

Hoje, estou na Neurotic's House e Fred me aprecia.

Chego de manhã e minha função, além de entregar os envelopes com a correspondência, é conversar com os frequentadores; conversar e apresentar sofismas para eles, oficialmente. Devo ainda aprender citações em várias línguas, ir avançando na leitura da *Enciclopédia*, pelo menos duas horas, e, no almoço, dedilhar no piano, usando partituras em *klavarskribo*, esse método revolucionário para instrumentos de tecla inventado pelo holandês Cornelis Pot.

Em suma, Fred me exibe como fruto de seu desvelo, cria sua. "Pegou-me pequeno de uma preta bêbeda, tuberculosa e sem marido, mas não me pôs em orfanatos, nada disso. Me levou com ele, me vestiu com roupinhas brancas e, enfrentando a fúria da família, ergueu-me às finuras da educação, como filho seu muito querido, muito amado."

Meu ofício, então, é contar aos frequentadores da Neurotic's House o meu caminho amargo, o meu início como um garotinho preto e ranhento, calça vermelha, com um remendo verde no traseiro (verde = esperança!) e pixaim ignorante de pente.

104

— Nasci, minha senhora, a bem dizer, por nascer. Meu destino mostrou a cara furado, cercado de zeros, um destino zarolho, turvo e besta, minha senhora. Depois Fred me encontrou em uma glacial madrugada, eu vendia rosas diante de uma boate e cantarolava "God Save the King", estropiado, mas muito engraçadinho. Minha mãe aprendeu o "God Save" na casa de uma madame inglesa, onde trabalhou antes de ficar doente, bêbeda, tuberculosa e sem marido... Meu destino mostrou-se furado, madame, mas eu o consertei com a ajuda de "papai" Fred.

Quando minha ouvinte ria eu ficava satisfeito de minhas "verdades" e ela, por seu lado, feliz por se deixar levar...

IX

Saí-me bem na Neurotic's House, porque Fred foi com a minha cara; foi e ainda vai:

— Gosto de você, preto, você provou que um preto pode se livrar de sua carga... Gosto de você, preto, gosto mesmo...

E ele me ajeita o nó da gravata, sorrindo, muito loiro, muito fino e bonito, como um branco.

E sua mão, no meu ombro, me belisca a carne até o osso, testando a resistência.

— Gosto de você, preto, gosto mesmo.

X

Um odor áspero, de colônia, me envolve, como nuvens de Civilização.

Negritude

"Quem é essa Berenice que anda com uns neguinhos qual-
quer e para à noite em barzinho? Como, se está estudando
pra doutora?". (Nossa mãe pouco entende da vida hoje e do
que põe orgulho na gente.)

Eu estava no meu lugar, tranquilo, sem saber de nada.

Ia para o trabalho, de manhã, saía à tardezinha, e logo corria até o Malungo, para conversar com a turma e me distrair
vendo o Neco batucar na caixa de engraxate, com que chegava
todas as noites para nosso encontro. Neco, com aquela cara en-
graçada, os dentes do meio graúdos, como um coelhinho preto.

Então, sentado, eu procurava me misturar à alegria deles: o
Bernardo, o Vadico, o Formigão. Com o Neco na caixa de engraxate, meu coração batia leve, confraternizando.

Eu estava no meu lugar, tranquilo, quando chegou Berenice, sobraçando uns livros e cadernos com matérias de vestibular
para a faculdade, clareando o barzinho com seu rosto de crioula
inteligente, futura formanda em sociologia, apertada entre dois

cursos, mas que, diziam, havia de ser tão parecida com uma *lady* que a gente — não demorava muito — ia se sentir acanhado e até com vergonha de sentar perto dela. Berenice vai pairar com voo muito alto, nos confirmara em conversa o Beto Mendes, escrevedor de versos, e que, todos sabiam, sorvia muita amargura, apaixonado por Berenice. Berenice, não só inteligente, mas também pretinha muito graciosa. Vão ver: vai subir demais, depois desses apertos, comendo lanche barato, não indo nunca ao cinema, não saindo, nem aos domingos, para a casa de um de nós, uma volta no nosso bairro, conversar com a mãe da gente, que teima em saber "quem é essa Berenice que anda com uns neguinhos qualquer e para à noite em barzinho? Como, se está estudando pra doutora?". (Nossa mãe pouco entende da vida hoje, e do que põe orgulho na gente.)

Berenice é a tal — dizia Vadico — e nós ríamos e sonhávamos pagar uma batida para ela, mas ela bebia só Coca-Cola, ou, se a insistência era demais, uma taça rasinha com Malzbier; para nós, bebida de menininha.

Eu estava quieto, envolvido com meus sentimentos, quando o Formigão e o Bernardo saíram de repente para um encontro, fazendo cara de mistério, rindo da minha quietude, que no fundo era desesperança de tanta coisa ruim. Tanta coisa ruim na besta da vida, eu quero andar alto, cair no meio do progresso, mas trombo ainda com tanta mazela, que, mesmo me distraindo no Malungo, sua presença teima em inquietar minha cabeça. Então, no Malungo, se estou sozinho, penso na minha vida. Se não, fico olhando o pessoal que passa no segundo piso da galeria. Fico distraído com ver tanta gente satisfeita transitando e, desencantado, admirando pernas bonitas de mulheres, na tarde que já virou sete e meia. Virou sete e meia e eu, bestando, a cabeça baixa, minha mão, que uns acham tão bonita, em cima desse balcão frio, bestando mesmo.

Então Berenice sentou-se e, fitando meu rosto, minha mão magricela e meu cabelo afro, falou:

— Oba, Massango!

Massango é meu apelido na turminha, eu pareço mesmo africano, e já puseram foto minha numa revista alemã. Um alemão que passou lá no Malungo comentou que viu e ficou "um foto muito bonita".

— Tou mofando — falei a Berenice — tou pensando...

— Escuta, Massango — ela pediu —, você me acompanha até a faculdade?

Eu não podia, porque estava monótono e saudoso de quando era garoto, a vida me empinava no ombro, eu não caía como agora, que nem descubro o que me azucrina tanto e pende meu corpo sobre o balcão frio, vulgar. Eu não queria ir porque no momento minha vida estava demais amarga e eu a olhava para saber por que, se podia ser diferente, e donde vinha isso agora. Mas acabei falando:

— Acompanho.

Então perguntei se Berenice queria alguma coisa. Ela fez uma cara de irmãzinha da gente que a gente gosta de olhar assim tão graciosa, acariciar, pegar no queixinho, abraçar com cuidado e sair tranquilo, porque isso é bonito e bom. Pedi, então, um iogurte para ela e mandei vir um misto-quente no capricho. Pedi também um tablete de chocolate, o maior da vitrina, e meu coração começou a ficar um pouquinho feliz, quando vi Berenice tomando o iogurte e mastigando o misto-quente. (Berenice tem dezessete anos e alguns meses, é magrinha e come bem devagar.) Fiquei vendo, muito quieto e, pra dispersar meus sentimentos, peguei um livro dela e abri.

Era um livro sobre negritude do Abdias Nascimento,[1] e eu virei algumas páginas a modo de não querer nada, mas como falava da gente, me interessei, li um pouquinho, depois perguntei a Berenice, esperando ela acabar o misto, se aquilo era coisa corrente na turminha, que eu estava bem por fora.

Então ela se entusiasmou e me falou que era movimento de reivindicação cultural, fincado na África em 1935, e eu disse "poxa, eu nem tinha nascido, isso é velho e eu nem sabia".

Berenice, então, chegou mais pertinho de mim e pousou a cabeça no meu ombro para me mostrar umas frases que havia sublinhado no Abdias e eu senti um perfume fininho como de roseira à noite, aí me lembrei mais de mim garotinho. Eu via meus primeiros passos, enquanto Berenice lia alto um trecho do livro do Abdias e sua coxa, sem querer — eu acho — se encostou na minha, pois ela se entusiasmava com a leitura e parecia que encostada em mim me explicava melhor:

— "Negritude é, antes de tudo, uma atitude; quatrocentos anos de servidão…" — mas eu senti um calor no corpo, fiquei quieto, e a voz dela conversava com minha tristeza, lá no tempo de minha meninice, lá em Maralinga, onde meu pai me levou para eu esperar meu futuro.

Quando Berenice acabou de ler, percebi que eu estava mal de "negritude", eu era um que não sabia, que, se muito, ficava ouvindo o Neco batucar na caixa de engraxate, obscuro ali no Malungo, colecionando mil noitinhas à toa na galeria, enquanto a África caminhava sem a nossa mão de descendentes.

Então Berenice se desencostou de mim e eu percebi que nem estava sentindo mais nada, indiferente ao contato morno dela e seu ardor e cheiro gostoso. E quando ela perguntou se eu tinha gostado da página do Abdias, falei "estou tão cansado, desanimado; eu não tenho jeito, Berenice".

Esperando o embaixador

— Amanhã minha tia vai falar à vizinhança que eu estive com o embaixador da Nigéria, que eu sou amigo dele... Ela quer me promover

I

Teobaldo Luiz me convidou.

Vesti o melhor terno, a gravata fininha de seda, bordô, tirei do cabide para a solenidade, os sapatos engraxei, os de bico estreito, de que eu gosto e reservo, na caixa, esperando um evento. E este merecia e eu estava feliz de sair, olhar satisfeito, esperando um táxi.

— Volta cedo — me pediu tia Luiza —, e eu disse: Volto quando acabar, titia, o embaixador vai estar lá, antes dele não saio.

Tomei-lhe a bênção, entrei no táxi e rumei para a homenagem a Teobaldo, que havia pouco publicara, por uma boa editora, a coletânea de versos *Convite à negritude*.

— Vou a um encontro importante — expliquei ao chofer — vou ver o embaixador da Nigéria.

— Ah!

Rodamos em silêncio até o viaduto Pacaembu. Então, entusiasmado com meu próximo e histórico encontro, decidi interrogá-lo:

— Você se acha preto, não?

— Tá na cara, não vê?

Teria seus quarenta anos; no queixo, já uns fiapos de pelos grisalhos. Moço sofrido — pensei.

Levantado do meu assento, curvei-me sobre o dele, com alguma intimidade; queria que se impregnasse do meu estado de graça:

— Como se chama, meu amigo?

— Valdemar; Valdemar Santo Amaro...

— Eu sou Lírio, Lírio da Conceição. Então, Valdemar (não preciso chamá-lo de senhor, certo?), acha importante relações culturais entre nós e a Nigéria?

— Que nós? Você diz o Brasil?

— Sim, também, mas digo nós, os das associações, as associações culturais negras... Temos umas três no Centro; também na Lapa, no Cambuci, Casa Verde. Precisa conhecer...

— Eu trabalho com este carro, moço, só sei dos problemas dele e da porcentagem que devo levar para o patrão. Por que pergunta se sou preto?

— Gosto de conversar com irmão, entende? E, neste táxi, estou contente. Vou-me encontrar com gente famosa; além do embaixador, um poeta da raça, Teobaldo Luiz.

— Meu menorzinho também é Teobaldo.

— Quantos anos?

— Seis. Tenho, além do Teobaldinho, mais dois; menino e menina.

— Gosto demais de criança. Mas agora, à noite, vou estar também com um deputado da raça, Antônio Olavo; ouviu falar?

— Não!

Seu desconhecimento não me desanimou:

— Vai estar lá o deputado Antônio Olavo e mais gente nossa interessada na raça; também alguns intelectuais, pretos, brancos.

— Não entendo por que o interesse... Nunca pensei nessa história de ser preto; sou um chofer... Mas fale desse Teobaldo.

— É poeta; o assunto dele quase sempre é a nossa raça. Publicado até em Paris.

— Não leio nada. Meu tempo é só pra família, pro trabalho. Mas, como está vendo, não desprezo conversa de passageiro, como fazem alguns da profissão. Não gosto.

— Então não conhece as associações negras?

— E o que é que eu ganho com uma associação de negros? Estou criando bem meus filhos...

Enquanto eu pensava na resposta, ele seguiu:

— Trabalho neste táxi, moço, eu suo nele. Que vou ganhar com uma associação de negro?

Riu, exibindo dentes graúdos, um tanto amarelados.

— Eu nada sei do que está me falando, moço; o que sei é que o patrão me pede cinquenta por cento... — Fitou-me, sorridente e continuou — Mas você vai ver o embaixador da Nigéria, naturalmente um negro chique. Vai sentar-se em poltrona de couro, macia, e vão-lhe dar uísque e cigarros. E umas pretas bonitas desfilarão à sua frente, falando difícil, talvez até em inglês, "oh, yes, oh, no", com o copo na mão. Eu, são cinco anos já trabalhando neste táxi.

— É aqui — falei a Valdemar.

Paguei, desci, sem nem me despedir dele, que gritou, já rodando:

— Boa sorte, moço, lembranças ao embaixador!

II

A sala era espaçosa. Negros muitos, em ternos de fino tecido e corte na moda encontrei lá. Sorrisos vastos e abraços poderosos; as mãos davam nas costas a pancadinha amiga e formal. A sala era bem espaçosa. Nos móveis, notável refinamento; nas paredes, emolduradas de largo metal, reproduções de telas de arte moderna brasileira. Talvez, para a ocasião, destaque fora dado ao *Vendedor de pássaros*, do Di Cavalcanti, que Teobaldo, entrevistado em programa de televisão, apontara como representativo do negro na melhor pintura do país.

Pairava na grande sala, já um tanto abafada, o olor de loção que emanava de uns corpos bem-tratados, uns negros luzidios, bigodes fartos, belos; mulheres, como madames, no esplendor; moças, tais quais as do álbum *Black Ladies*, que eu, encantado, tinha folheado no apartamento do Teobaldo.

Ajeitei a gravata, encarei, preocupado, meus sapatos (brilhosos, como espelho, graças a Deus!); amoldei meus cabelos, com ambas as mãos, pois detesto cabelos altos; segui.

Teobaldo posava entre a declamadora Maiza Neves e o pianista Ozório Tum, gesticulava, coisa importante seria, via-se pelo ardor nos olhos do poeta:

— "Negritude" é, acima de tudo, uma atitude... Séculos de servidão...

Segui, recatado, ciente de minha insignificante presença, carimbada, porém, pela amizade de Teobaldo. Cheguei logo até ele.

— Este é o rapaz de que já lhe falei — apresentou-me a Maiza —, tem muita "negritude", falta lapidar, mas vai ser coisa, ouça bem, vai ser coisa.

Afastei-me, cumprimentei os circunstantes, encontrei um lugar recuado para assento, sentei-me e ali estaquei tranquilo, como ao lado de mamãe, após longa viagem.

Serviram-me logo uísque em copo de cristal facetado e por algum tempo detive-me a contemplar o líquido escocês que Valdemar imaginara que iriam me oferecer. Vaguei o olhar, abarcando os convivas, detendo-me depois a decifrar umas esculturas assombrosas, arte africana ou malaia, que não cheguei à conclusão.

Gostoso estar ali, sobre a almofada gorda, muito fofa; meu traseiro jamais se sentira tão contente, pousado em tão agradável maciez. Muito gostoso ouvir o burburinho de tanta gente preta — pensei — que já viajava no carro do sucesso, reter, atento, fiapos de sua conversa, sentir no ouvido o tilintar faiscante de copos brindando, tudo para homenagear Teobaldo, amigo meu.

Mágoa, porém, me azucrinava, espicaçando-me a todo o momento, causada pelo desdém do taxista Valdemar, que, negro (ele disse que era negro?!), não entendera a importância das nossas associações, seu lugar em nossa história, desde velhíssimo tempo. Vi-me ruminando: "Associações negras são importantes, sim, para nossa ascensão, Valdemar! Essa homenagem vai ser noticiada em um, dois, três jornais, e quem lhe decidiu a realização e a seguir convidou gente luminar da raça, além de presenças notáveis da parte branca, quem? A Associação Cultural Luz e Breu, Valdemar! E assim, por empenho dela, se enaltece o brilho literário de Teobaldo!".

III

Como se demorasse o embaixador, sorvi dois goles de uísque, e fui logo acariciado por amolecedora sonolência. E eu já mal definia os vultos dos presentes, através da luz contida da luminária perto do sofá em que me assentara. Aquela dona de seios quais montículos, que se esforçava o tempo todo para reter entre dois dedos da mão esquerda uma taça de vinho tinto, desmilinguia-se, ia virando menina, uma menina gordinha e boboca, e ria-se na minha direção a tonta. Muito nublado me vi, muito estranhas as coisas senti. Teobaldo esqueceu-se de mim — resignei-me —, e essa gente toda espera o embaixador da Nigéria. Cadê o embaixador?

Forcei-me a erguer as pálpebras e sair pela sala à procura do Teobaldo, mas desanimei e achei gostoso esperar sentado o embaixador.

IV

Súbito, ao meu lado, ela sentou-se. E um perfume de colônia bem suave me acordou e me deu aviso dela. Olhei-a e ri, sem graça:

— Você…

— De quem é a festa? — perguntou.

— Teobaldo Luiz publicou mais um livro; vim para a homenagem que vão prestar a ele. Agora esperamos o embaixador da Nigéria.

— Quem é o Teobaldo?

— Aquele — e apontei meu amigo, brilhando entre três mulatas, uma, esguia e gesticulante, trajando verde-oliva; nas orelhas, brincos graúdos, gotas de água-marinha. Gloriosa. Extasiei-me, por momentos, a contemplar, além desses, outros indícios de sua ascensão.

Desviei-me da visão dela, ante a observação da moça que me aparecera ao lado:

— Simpático esse Teobaldo.

— Com versos traduzidos até na França, linha sartreana na

poesia; não entendo; ouvi dizer que é sartreano, mas não sei explicar o sentido exato do que é sartreano.

— É, passei lá fora e vi logo que era festa de gente preta; eu gosto de festa de gente preta.

— Não demora, vai chegar o embaixador. Ele admira a poesia do Teobaldo. Autor forte, tem dito, sucesso grande, se divulgado na Nigéria.

Olhou em torno, depois:

— Você estava tão quieto; por quê?

— Nada. Mas não estou batendo com eles. Teobaldo me convidou, mas lá está, muito ocupado. E eu vim contente e orgulhoso do que ele já conseguiu. Gosto da poesia dele.

— É bom ter um amigo de nome.

— Mas eu quero também conhecer o embaixador da Nigéria...

V

A moça era loira, magra, trinta anos, se tanto, rosto um pouco anguloso. Não feia. Levantou-se, correu até o braço de um sofá perto, sobre o qual se via abandonado um copo semicheio de uísque. Tirou o copo, colocou-o sobre o tapete, encostado ao pé de uma mesinha próxima. Voltou, sentou-se e, com ambas as mãos no queixo, pôs-se a observar a "multidão". Mas por pouco tempo, e logo:

— Você joga dama?

— Jogo.

Levantou-se, subiu por uma escada que levava a um aposento que podia ser avistado de onde me encontrava; desceu, leve, trazendo um tabuleiro, o que muito me assustou.

— Mas, você fez isso?

— Fiz o quê?

— Invadiu lá em cima.

— Bobagem... não é festa?

VI

Ali, no canto, iniciamos o jogo. Eu resvalava os olhos, procurando Teobaldo, mas ele não me olhava. Bem cercado por *"coloreds"* bonitas, ria e gesticulava, todo feliz.

Minha mão começou a arrastar as pedras do jogo de damas, mas dentro de mim doía o sentimento de que Teobaldo me desconsiderava, apesar do convite tão de amigo grande: "Não deixe de ir, é convidado meu, especial". Especial, Teobaldo?

Ela, porém, seguia, atenta ao jogo, sem ligar para minha atuação imprestável:

— Já te "soprei" duas pedras...

Seguimos em silêncio, eu jogando com pouca vontade.

Ela também, pelo jeito, já não estava contente, e percebi no seu rosto a desilusão de ter um parceiro que não merecia sua atenção e escolha.

Só então quis saber meu nome.

— Lírio — falei — e, aproveitando distração dela, soprei por fim uma de suas pedras.

— E o seu?

— Gabriela Azevedo, "Gabriela dos livros"; tenho uma livraria.

VII

O embaixador não chegava, mas, um tanto mais animado, expliquei a Gabriela:

— O embaixador quer homenagear Teobaldo, prometeu vir. Minha tia fez questão que eu viesse, mas eu sei por quê... Você adivinha por quê?

— Não.

Ela agora pareceu que me examinava por dentro, como cavando no fundo de mim. Com a mão detida sobre o tabuleiro, parecia dizer: este jogo não vai mais, foi pretexto, apenas pretexto para ouvir você falar do seu mundo negro, da insuficiência do seu mundo negro, que, afinal, que diferença tem do meu?

Contei a Gabriela de minha alegria e orgulho por estar ali, convidado por Teobaldo.

Falei-lhe, entusiasmado:

— Amanhã minha tia vai dizer aos vizinhos que, "levado a uma mansão por um famoso poeta negro, aquele que apareceu dia desses na televisão", conheci o embaixador da Nigéria, de quem agora sou amigo... Ela quer me promover.

Mas Gabriela mal me ouviu. Voltou-se alguns instantes para um grupo de convidados que, pela conversa animada, parecia esperar, de fato, algo muito importante.

Percebendo minha tentativa de recomeçar o jogo, abriu-se:

— Eu moro aqui. Teobaldo Luiz é conhecido de papai...

Estonteado, tentei mover uma pedra do jogo, mesmo com Gabriela já ausente dele havia bastante tempo, mas meus dedos tremiam.

E ela seguiu:

— A mãe de Teobaldo cozinhou para nós...

Tremiam:

— Entendo. Seu pai é o doutor Antero, veja que memória tenho, doutor Antero Azevedo...

Levantou-se, foi e ergueu do tapete o copo que colocara rente ao pé da mesinha. Largou-o sobre ela.

— Bobo, o embaixador não vem... está com papai, na fazenda.

Diante de meu rosto, trazendo-me notícia, a mensageira do desencanto.

— Mas ele prometeu, não? Prometeu! E o Teobaldo, com que cara fica o Teobaldo? E eu?

Eu que esperei o embaixador toda a semana; eu que passei Pretex nos cabelos, e embrilhei-os com *nigger hair pomade*, importada e, consultando *Ebony*, a minha coleção de "Ebonies", atei nó de gravata igualzinho ao de Sidney Poitier, à página 21 do número de setembro... Eu...

Começou, devagar, a recolher as pedras do jogo, voltou-se para a massa de convidados, como a descobrir onde estava o Teobaldo:

— Ora, se o livro tem valor...

— Sim, o livro... Mas acontece que vim também pelo embaixador de um país irmão... Você, branca, não entende... Depositei nele toda a minha carga de emoções negras. É o único embaixador africano que eu poderia cheirar de perto...

VIII

As nuvens largaram muita chuva. Saí debaixo de chuva. Gritei: bem-vinda, chuva!

Fixei o vulto da casa. Pelas janelas abertas divisei convidados que desfilavam sustendo copos, que retiniam, retiniam... Vi com a imaginação: Teobaldo Luiz rindo gostoso ou, certeza, relendo para interessados, da apresentação do seu livro: "Negritude é acima de tudo uma atitude. Séculos de servidão…" E, de repente, eu, sob a chuva, a interrogação: em que via da cidade estará neste momento o taxista Valdemar?

Na primeira poça d'água avancei meus sapatos, os de bico estreito, de que eu gosto, cromo alemão legítimo, só para os dias altos. A pasta "Pretex" (nojenta!) sujou minha camisa, sujou, borrou o colarinho, escorrendo o caldo até o sovaco, e eu xinguei — droga, isso é demais! —, mas no fundo mal liguei.

Cheguei em casa; não mostrei a cara a titia. Banhei-me, fui dormir. Quando acordei, sem que ela me visse, corri à rua, resolvido a saber quando o acharia na casa do dr. Antero; então…

Voltei; desanimei de rastrear o embaixador.

Lembrei-me que ele podia estar espairecendo na fazenda, talvez pescando. Se não, naquele mesmo momento — imaginei —, dr. Antero o estaria interrogando sobre as abelhas africanas (de onde provém tanta fúria, embaixador?). E, de arremate, folheando o precioso *table book Afrikan Masks*, rogaria, sentado com ele a um canto da biblioteca ou sob o frescor de um terraço, que lhe esclarecesse, minudentemente, simbolismos delas, respectivas tribos e usanças.

IX

Sentei-me, então, na escadinha do quintal e comecei a engraxar, mais uma vez, com amoroso esmero, os meus sapatos.

Eh, Damião!

A Vergonha sentou-se com a gente, à cabeceira da mesa

Desmoralizaram Damião na noite de um sábado frio.

Armou-se o enredo para apanhar Damião e seu grupinho, ajeitaram ideias na sombra, como ratos chiando tramas e tramoias perigosas, infalíveis arapucas que pegam a gente mesmo pelo toco do rabo. Pegaram Damião onde ele menos esperava e ele esperou, bobo, o gorro verde sobre o joelho, três copos de cerveja pousados sobre a mesa velha do Achincalhe, tudo certinho para desmoralizar.

Fui contra, não adiantou; nisso, nem existi.

Tempo de luta, na mente. Roberto sabia inglês, traduzia *Ebony* pra gente, depois alguém arranjou edições de *El Fusco*, do Uruguai, depois Eva Schneider importou revistas que um alemão excêntrico redigia sobre a "África e ramificações não escravas no mundo civilizado".

Eva lia pra gente no seu apartamento, em Pinheiros. Servia chá e umas delícias da terra dela, apesar dos olhos da gente às vezes fixarem suas loiras pernas, extemporaneamente, desdenhando o amarelo mel do líquido que, não raro, borrava o chenile caro no chão, sob nossos sapatos foscos. Distração.

Eva traduzia a revista alemã, Roberto, a *Ebony*, e nós preparávamos *O Pixaim* na gráfica do Jesuíno, no Cambuci.

O Pixaim, capítulo espúrio; risquem o infeliz das tentativas de elevação do preto paulistano! É um favor.

Mas Damião começou a remar contra. Chamou-nos de pretos de burguesia, isso de repente, pois antes navegava no mesmo tentame: despertar o preto, ensinar os moleques nas vilas longes — Vila Mulungu, Bosque das Viúvas, Nova África, Vila das Belezas, lugarzinho bonito, junto a uma represa abandonada por seca, mas ainda região de futuro quando a água chegar.

Tempo agitado, ano de luta. Comemoravam-se efemérides, ano 70 da Abolição, e Deus desatrelou o carro do êxito pra nosso lado. Tudo certinho. A imprensa noticiava bonito, lentes da faculdade topavam conferências, a biblioteca municipal cedeu o saguão, no fácil, animando o nosso povo tão estropiado.

Tempo agitado. As associações culturais nossas eram várias e isso esquentava o entusiasmo e nós criamos enredos jamais vistos ou sonhados, nem na era da Frente Negra, organização graúda, nem no Movimento Participação, que uns pretos começaram, mas faliu, por se mostrar desairoso ao próprio preto.

Mas, tristeza, Damião começou a desviar a mente. Certas ideias, o olho batendo rude no que achava malfeito, a boca estalando o xingo em cima: branco nojento etc. na cara do ofensor, sem remendo de "desculpe", "o senhor me perdoe", nada disso.

Se um branco variasse o comportamento, entrasse na sua vida com parte de amigo, irmão, mas se descuidasse e proferisse classicismo como este: "Gosto de preto, vê?, sou até teu amigo", aí a boca de Damião paria verbosidade tremenda, raspando o chulo, o uivo, o deboche sem caridade, deprimente.

Eh, Damião?!

Então Damião se desviou da gente. Nada de traduções da *Ebony* pelo Roberto, nem entrechos da revista alemã da Eva.

— Pretos burgueses...

Isso macerava a gente e começamos a imaginar como sair de sob essa cunha. Cunha mesmo, não alcunha, pois Damião marretava com a língua e fendia o nosso entusiasmo, que se apequenava ante o êxito dele e seu grupinho. Francisco Lima, acadêmico de direito; Pedro Pellegrini, revisor de jornais; José Arimateia, funcionário da biblioteca municipal; esses os bons, que o resto fora catado na beirada da periferia, pretinhos e pretinhas magricelas, mal-empregados, sem rumo firme, pois mesmo na enraivecida tropa vários deles sonhavam literaturas, "branquices", como dó-ré-mi de música clássica ou, no topo, imitações do Cruz e Sousa, como fazia o Eduardinho, poeta preto laureado e com novo livro no prelo, *Várzea da mansidão*.

Reuniam-se à noitinha no bar do Julião, na Barra Funda, corria que tramavam ação brava contra o nosso modo de galgar altura na sociedade.

— Pretos burgueses...

Naquele jantar no restaurante Fasano, Damião apareceu. Camisa esporte vermelha, sapatos sem betume, na cabeça o gorro verde, de sempre. Bastou a chegada dele para estragar o estofo da nossa comemoração, jantar todo finura, gala: setenta anos já de Abolição!

A seguir, como em ficção, apareceram seis gurias do grupinho, que, já chegando à mesa reservada — por quem? bateu logo a interrogação, por quem? —, abriram a boca, a uma voz:

— Nóis veio para a comemoração!

A Vergonha sentou-se com a gente, à cabeceira da mesa.

Ora, a Associação Luz e Breu se queimou com o espetáculo no Fasano, chamou reunião. Pretos idosos, alguns remanescentes da Frente Negra, que vinham velando carinhosamente o nenê preto novo que surgia, acharam imperdoável o papel de Damião e grupinho. E entre muitos jovens tornou-se repetitiva a queixa bem doída: "Vá que seja palhaço pras suas negas, mas avacalhar todo mundo?!".

Uma semana depois, aconteceu.

Conto, porque Damião se machucou fundo e sofreu, como ninguém nunca poderia imaginar. Conto, porque isso me desgosta a memória, me amarga a vida, que ainda segue em via de bastante espinho, não de rosas.

Contrataram repórter e fotógrafo de O Momento, semanário lidíssimo, serioso. Dinheiro bom, sem dúvida, pois o que se montou tinha certamente sido lubrificado com excelente graxa pecuniária.

Naquele sábado, à noite, o grupinho, mais uns garotos ginasianos foram encontrar Damião no Achincalhe, segundo reduto deles, depois do bar do Julião. Correu proposta de discussão de um programa para ação brava, quase revolução pequena, se pegasse. Soube pelo Ventura, que se imiscuíra no grupinho com modos de "preto violento" e que também retrucava por dentro se o magoavam na raça:

— Sou preto e sou bonito, como hoje faz, com classe, para o mundo inteiro ouvir, o Cassius Clay.[1]

Então a maioria do grupinho compareceu ao Achincalhe. Chegou cerveja, pinga, garrafa de Praianinha, pratão com salaminho fatiado. E Damião falou:

— Vamos incomodar! Vamos incomodar! Com a gente, Liberdade é tudo ou nada!

(Corria no meio preto que Damião vinha se amalucando aos poucos — inteligente sim, mas a desgraceira de sua vida desarrumava tudo; aí, a raiz de seus atos sem discernimento, sem sopesar o ridículo, como o espetáculo no Fasano.)

E Damião bebeu, bebeu.

Descuidou-se o Damião!

Súbito os flashes coriscaram em cima de Damião.

Sem paletó, aturdido, ante três copos de cerveja, o punho da camisa sobre o prato com salaminho, bambo.

Colheram para sacanear n'*O Momento* as perninhas finas das meninas, o Toninho Bibelô no seu ensebado blusão de couro, o cabelo à escovinha, fora de moda, pobrezinho. O espanto, o espanto na cara assustada dos meninos, à busca de sua chave para abrir a porta do futuro...

Eh, Damião?!

Eh, Damião!

Plebeia

A Plebeia me pareceu triste, pasto impróprio para os sonhos de um homem desde muito solitário

I

Sou Januário Portela, neto de Ismael Portela, negro alforriado que esculpiu alguns santos para a mais rica igreja desta região, o santuário dos Serros.

Já está provado que esculpiu também os dois anjos que ladeiam o altar-mor da matriz de Santa Escolástica, padroeira desta cidade, Mundéu, onde nasci e, órfão de mãe e pai, tive o amparo do médico dr. Teodoro Félix Vieira, meu padrinho. Abastado, sem filhos, proporcionou-me aprender a ler e, para ganhar outros conhecimentos, sair a fim de estudar na capital, com o que me tornei apto a praticar o ofício que me sustenta e me garante dignidade.

Vivendo religião já em pequeno, fui, até poucos dias, provedor da Confraria de Nossa Senhora do Rosário dos Homens

Pretos Libertados, na Santa Escolástica, mas agora, sem o cargo e desencontrado comigo por dentro, me convenço de que deitar no papel estes fragmentos de memórias talvez seja a única distração que de verdade me aquiete.

Com isso, os confrades que as lerem talvez entendam por que decidi sair da Confraria, me despedir de Mundéu e não exibir mais na Escolástica, à frente deles, o orgulho indisfarçável que, desde menino, me preenche quando contemplo as duas obras de arte de meu famoso avô.

II

Como sabem na Confraria, moro na rua das Acácias, sozinho, casa de três cômodos, não longe da Plebeia, praça malfalada, reduto do zé-povinho, moleques e de mulheres desesperançadas de pôr juízo na vida, pois para elas é hoje impensável existir sem esse logradouro público.

É lá que diariamente, até o aproximar da noite, sentadas nos poucos bancos de madeira ou em andanças dissimuladas em caminhos curtos marginados de fícus-benjamim, a modo de ensombradas alamedas, elas buscam arranjos para encontros amorosos, sempre a preço apequenado, porque a Plebeia é dos despossuídos, das mulheres-damas e mocinhas pobres e distraídas que perderam a virgindade quase sem perceber.

De ofício, sou escrivão.

Casa de três cômodos, disse, mas eu poderia desfrutar algo mais espaçoso, pois o que recebo me proporciona relativa folga pecuniária.

Só, com lazer quase todo em leitura e algum cuidado com um pequeno jardim que me adorna a frente da casa, lembro como um dos poucos companheiros ou mesmo amigo chegado

ao coração o ourives Roque Patrocínio, setenta anos, companheiro na Confraria, com o qual reparto memórias e por vezes comento passagens de textos ou fato que mereça pedaço de tempo para um café.

Há poucos dias, Patrocínio e eu falávamos do que tinha sido para nós, em nossa mocidade, o livro *O jovem de caráter*, de monsenhor Tihamér Tóth.[1]

Em meio a uma observação minha, enfiou, meio ressabiado, um tímido comentário sobre invisibilidade racial. Disse achar extraordinário que, estando eu a três quarteirões da Plebeia, e com muitos de seus frequentadores — negros e mulatos, a maioria — transitando diariamente diante de meu portão, não me detenham para papear, descobrir-me o nome e a intenção na vida, saber, por exemplo, como consegui me tornar sócio do Clube Literário Teuto-Mundeano.

— Januário Portela, Januário Portela — Patrocínio riu —, tão preocupado com a transcendência! Ninguém te vê!

Mas, a Plebeia...

A Plebeia, na versão de sua história mais divulgada, começou a existir com a derrocada da usina de açúcar Averno, que empregava a maioria dos trabalhadores de Mundéu.

Existe, porém, um destoo, pois Júlio Fortes, redator d'*A Voz Mundeana*, já expôs, em palestra incendiária no Clube de Ação Social, que essa praça, ponto de confluência dos desvalidos da cidade, gerou-se no ventre da desigualdade social, quase no dobrar do século XIX, um decênio após a Abolição.

"Com a vinda dos teutônicos, donos de tudo o que aqui se louva e se dignifica, o povaréu (negros, mulatos e brancos caídos; dá na mesma!) foi empurrado para a indefinição social e a miséria vergonhosa. A Plebeia, o que faz é escancarar, a seu modo, a chaga que vive e se alastra no corpo de Mundéu. Eles, e os bem-

-colocados da cidade, na maioria brancos, não gostam dessa evidência; mas é!"

(Entre os excertos da palestra de Fortes publicados n'*A Voz Mundeana*, repercutiu esse que cito acima, com a consequência de, por pouco, ele não perder o cargo em que se encontra já há 35 anos.)

Padre Lúcio, vigário na matriz de Santa Escolástica e sincero amigo, a quem, comentando o artigo do Fortes, falei de minha inquietação pela gente de nula importância social que frequenta a Plebeia, repeliu-me de imediato, se partido de mim, intento de campanha humanitária ou — me apropriando da linguagem cristã da Confraria — redenção.

— Fortes — disse — já anda caducando. Mas quanto ao senhor, seu Portela, lembro que Mundéu tem normas de comportar-se, modeladas pelas que regem qualquer harmoniosa sociedade. Programas para erguimento e aprimoramento social e cultural também existem aqui, há muito tempo.

Que pretende essa gente? O senhor consegue me responder?

E padre Lúcio pôs-se a me mostrar que, por mais tentasse meter-me no destino daquele povo — "tudo leva a crer, satisfeito de farrear com o diabo" —, o meu lugar já se firmara, diverso. E forçou-se a convencer-me, com eclesiástica firmeza:

— O senhor, lembra-se?, me trouxe, faz algum tempo, um soneto para minha leitura e opinião.

Li-o, atento, e, confesso, surpreso, por conhecer sua pessoa. Muitos, com socorro em manuais de versificação, já escreveram sonetos. A mão do tempo, porém, sem pena, os apagou. Mas, aqui, diante de minha matriz, opino:

— Seu Portela, escrever um soneto como "Pecado e remissão" é para poucos. Necessita-se, mais que apurada forma, espírito, que, como vejo, é a distinção, sempre, de uma obra bem-acabada. Entra o seu soneto nesse número. Por isso, demais me admiro, pois gente de sãos costumes, santa religião, letrada como o senhor, não reserva espaço no pensamento para interesse como a Plebeia. Não casa com um talento e espírito como os seus.

Distância abissal!

Disse exatamente isto: distância abissal!

III

Dói-me lembrar, mas não atino se, por malsã curiosidade ou afago enganoso do demo, acabei me aproximando da Plebeia.

Conto, esquecendo o que não convém e que destoe dos cânones desta paróquia, de minha amizade e respeito pelo padre Lúcio e, também, de minha pessoa, compromissada com a beatitude, pois, como assentei no início destas folhas, há menos de uma semana ocupava cargo na Confraria de Nossa Senhora do Rosário dos Homens Pretos Libertados.

Sim, meu entusiasmo findava; meus setenta e tantos anos — pensei — já estão, carinhosamente, preparando cômodo para hospedar a senectude.

Vi que o tempo, sem que eu percebesse, envelhecera.

Antigo já na rua das Acácias, se, de um tanto longe, espiava o passado, ele me semelhava a uma porção de água gélida no leito de um poço longo e magro, líquido amarguíssimo de beber.

Notei os pescoções que a Morte vinha aplicando em caríssimos amigos meus.

Zequinha Peleco, um exemplo.

Cantador, musicara para mim alguns versos. "Minha cantiga", escrita em momento de paixão vã e descompassada com o coração da musa que a inspirara, na voz de Peleco conheceu algum sucesso. Fui distinguido em Mundéu como compositor, graças a um refrão que divertiu muita gente:

Ela que saia, eu fico,
e leve tudo o que é seu!

Pois bem, ainda gozando a popularidade de "Minha cantiga", Peleco tropeçou em um mal desconhecido. Primeiro sumiu-lhe a voz, depois o dinheiro, a seguir a mulher, que o trocou por um caminhoneiro e saiu-se pelas estradas a viajar. A Morte pegou Peleco sem nenhuma delicadeza.

Então, observando melhor, percebi que a "Dama seca", afoita, avançava, derrubando muita gente de minhas cercanias.

Em outra atuação, tabefes, aplicados com as mãos descarnadas da "Indesejada das gentes" (permita-me, mestre Manuel Bandeira!), levaram meu primo Toninho Beleléu a despedir-se de tudo — o caprichado guarda-roupa, objetos, bichos — no mesmo ano em que buço e voz grave iriam inaugurar-lhe a fase de "homem mesmo", com direito a zona, noitadas e inenarráveis farras anunciando às madrugadas que, demorara, mas ele havia chegado, e era pra valer!

No entanto, e eu?

Eu carregava comigo, desde anos, a experiência brava de dormir sem fêmea. Dormir, digo mal, que dormir, dorme-se... fecham-se os olhos e fica-se nas campinas da noite a procurar um sonho, não necessariamente acompanhado de fêmeo corpo, que isso nunca foi sonho.

Lembro-me: nos primórdios de minha meninice, em romaria a Bom Jesus de També, dormi, moleque e sorridente, com seis gurias, apijamadas todas e com migalhas de prece nos lábios. Antes, tinham-se voltado, em reza altissonante, ao "Santo Anjo do Senhor, zeloso guardador", ao Beato Jeroboão e ao padre Antônio Jubileu, cuja fama de obrar prodígios já havia chegado também a Mundéu.

Mas, e eu?

Antes do repouso noturno, abençoaram-me a testa as mãos consagradas do padre Manoel Neves, que nela pousou o sinal da cruz, decisivo e irrevogável até o amanhecer, entrevisto pela feminil comunidade.

IV

Nem sei por que torno a essas lembranças envergonhadas que moram há tanto tempo dentro de mim.

São elas que aliviam o que me vai no profundo do peito: um chão de memórias coroado de limo, suficiente sofrimento e tentativa de transpor esse muro que me retém tão só no estreito degrau de um sonho de ascese, leveza e singeleza diante do meu Deus e dos homens.

Vejo-me um bicho pensante. No tempo das boas leituras de Pascal e de Santo Agostinho, já me imaginara também um caniço pensante, fincado no barro de um rio raso e frio. Mas isso foi em época de excessivo erotismo bradado no corpo e no derredor. E já vai distante. Um fervor tão destoado que levou padre Lúcio a me recomendar visita ao cônego Ludovico, na diocese de Santa Luzia, vigário idoso e nada complacente, que me proporcionaria sermão, conselho e penitência adequada ao tamanho do fraque para libidinagem com que o demo me havia enroupado. Ele, o "Desabrido", que preparara ocasião para mulheres pescarem homens de minha "desestatura, sem-vergonhice e laia".

Cônego Ludovico envermelhecera e estava muito embravecido.

Lembro-me que, à saída, transpondo a porta escura e maciça de sua sala, aberta com bastante dificuldade, pareceu-me ouvi-lo murmurar:

— A Igreja e seu sangue africano...

Fama havia de que cônego Ludovico espiava o interior do coração dos homens e o decifrava, mesmo que fosse qual página de um livro de conteúdo obscuro e inextrincável.

Casto e seco, muitos enxergavam nele um seguro manual para a santidade, gritada sobretudo como renúncia à carne e a seu séquito de desdouros.

E, certamente, santo ele era; tinha estatura e louvor.

Mas, e eu?

V

A Plebeia, a dois quarteirões da matriz de Santa Escolástica, ali permanecia para as mulheres necessitadas, com o coreto, o laguinho dormindo abafado de cascas de laranja e folhas amare-lecidas; três pés medianos de resedás floridos de brancura no mês de dezembro, copas verde-escuras de araucárias, e gatos que por vezes moviam a paisagem, incorporados à grama e aos arbus-tos nanicos.

A Plebeia, na verdade, o que sonhava era com a redenção. Não que propusesse situar-se à altura da santidade da veneranda matriz (impossível!), mas, também, que não existisse tão distante da seriedade majestosa e antiga com que a Escolástica se mistu-rava à paisagem amorável de Mundéu.

VI

Naquela tarde, em vez de ir pelo beco dos Carpinteiros e seguir pisando as lajotas da ladeira da Misericórdia, que levava direto à matriz de Santa Escolástica, vi-me, desamparado de reza e reta intenção, na área da Plebeia.

Algumas donas "impudicas, mal-adornadas e sem tostão" (opinião geral em Mundéu quando se referia àquelas mulheres) já marcavam a paisagem, sentadas nos poucos bancos ou passeavam vagarosas e atentas entre os fícus que ladeiam as ruazinhas, à espera de homem precisado de carinho, cheiro de fêmea ou ato breve de caminhar tão só de mãos entrelaçadas.

Era a hora em que a tarde já rabiscava os primeiros traços da noite, ocultando identidade e vergonha do par que, em Mundéu, ansiasse perpetuar tradição de amar fora do Mandamento e do que recomenda padre Lúcio.

Jamais me mostrara na Plebeia. No pensamento, sim, pois nas noites demoradas em minha casa da rua das Acácias já vagueara fantasioso entre os resedás floridos e as olorosas araucárias, examinando as mulheres, e me imaginara sob as frondes largas das sibipirunas, prisioneiro da leitura do *Decâmeron*, d'*As Primas da Coronela* ou do *Liber Eroticus*, do ex-frei Eurico Zenão, redigido alguns anos antes de seu retorno aos bons hábitos e à senda de pudor e compostura que, acredita-se, em dose amena ensejam à vida equilíbrio e invejável harmonia.

Sim, eu já cismara à borda do laguinho e até me propusera, ao modo de frei Eurico, escrevinhar lá, tendo ante os olhos cenas ao vivo da fêmea fatuidade, os primeiros esboços de um livro com que vinha sonhando desde muito tempo: *A queda do homem virtuoso*.

Nele pretendia mostrar que a "carnal espada do homem" (*carnalis hominis spatha*), como consta no *Liber Eroticus*, ao invés do que sucede em batalhas com corcéis, pólvora e sangue esparzido, tem sido a causa inicial de muita derrota.

Se o rei Davi, salmista celebérrimo, foi derrubado pela volúpia e, para ter Betsabé, mulher do general Urias, empurrou-o para o apertão da magricela Morte, por que não eu? Por que não eu, que escrevi o soneto "Pecado e remissão", conhecido, até há poucos dias, só pelo padre Lúcio, aliás, insuficiente crítico, que não percebeu uma cacofonia apavorante no sétimo verso?

Sim, nas minhas noites, rosto a rosto com a solidão, eu já medira alguns vultos de mulheres da Plebeia e me sondara dentro de um sonho, mãos enlaçadas ou cingindo o talhe fofo — possivelmente negro ou amulatado — de uma delas: Vamos!

Incógnito, viajava, após findar a ladeira da Misericórdia, de embocadura à Estalagem da Lanterna, onde, por momentos, as mulheres-damas e as donzelas deserdadas de castidade em Mundéu eram, na cama, o insubstituível e veraz horizonte para homens suspirantes de afagos, feminis aromas e a única viagem de que se voltava feliz, mesmo percorrendo exígua e repetitiva paisagem.

Isso no sonho.

Pois naquela tarde, o que imaginara fresta para amplas alegrias e início de minha presença no bulício geral que move toda cidade, mostrou-se desprovido de algum proveito.

A Plebeia me pareceu triste, pasto impróprio para os sonhos de um homem desde muito solitário.

E compreendi, então, o que Júlio Fortes pretendera dizer com "negros, mulatos e brancos caídos", na fervente palestra no Clube de Ação Social; entendi e, jogando o olhar sobre a lastimável paisagem, tentei aprofundar o significado de minha estada em tão malfamoso logradouro, eu, que desde anos vinha carregando compromisso assinado com pompa e seriedade na Confraria de Nossa Senhora do Rosário dos Homens Pretos Libertados.

VII

E andava, em meio a tanta aflição, o meu soneto, propositadamente publicado por Júlio Fortes em seguida à minha comentada passagem pela Plebeia.

Estampou-o n'A *Voz Mundeana*, com inusitado destaque, ilustrou-o com pequenos retratos de santos, entre eles Agostinho, africano, bispo de Hipona e — não sei onde, diabos!, conseguiu — uma gravura de são Moisés, o Negro, monge etíope que, no século IV, antes da conversão, chefiara um grupo de ladrões, atuara como beberrão e largara fama de ter sido um entusiasta apreciador de rixas.

Igual ao padre Lúcio, a boca de Júlio Fortes, com a leitura primeira de "Pecado e remissão", encheu-se de encômios à mestria, limpidez...

Mas, para mim, só desgosto, pois que, apesar de lido também com admiração em um sarau no Clube Literário Teuto-Mundeano, intimamente me atenazava a cacofonia que surpreendi, espantado, sediada no sétimo verso:

O temor de má morte me suprime
gostos carnais, aguça-me o espírito.

VIII

Minha breve estada na Plebeia (a passeio, seu Portela?) e um tanto a desavença comigo mesmo pelo desprimor literário que descobri em meu soneto, apreciado, sim, mas borrado por pecha imperdoável, contam-se entre os motivos de minha decisão de deixar a Confraria e despedir-me de Mundéu.

Foi o que expliquei na reunião passada, domingo, na Santa Escolástica, após convencer os confrades, surpreendidos, de que era impossível prosseguir ali, com o cargo (eu era provedor) e a medalha de prata, que, espessa, roçando o tecido azul da opa, me impunha reverência e religiosa visibilidade.

Roque Patrocínio, que entendera — só ele! — o motivo de

minha aproximação da Plebeia e o meu desgosto com o verso malsoante, reteve-me na saída, defronte à sacristia:

— Mas, Portela, um passeio até inocente...

(Avançavam da rua até o corredor onde nos detivemos o vozear de moleques e o riso desatado por um bando de mulheres que se conduziam à Plebeia para o costumeiro lazer.)

— Eu sou assim, Patrocínio, fácil de envergonhar.

Ainda, por instantes, ouvimos, visitando o espesso silêncio da matriz, o alarido de "negros, mulatos e brancos caídos", que desde sempre desafiavam o louvado comedimento dos teutônicos.

— Lamento, Patrocínio, que a vida tenha que alimentar-se também com o que parece todo desprezível e miserável... A Plebeia...

Patrocínio, comovido, pôs-me a mão no ombro:

— Mas, e eu, Patrocínio, e eu?

Notas

CADÊ O OBOÉ, MENINO? TOCA AÍ O OBOÉ! [pp. 21-40]

1. *O Homem de Cor*, que teve o nome mudado no terceiro número para *O Mulato ou O Homem de Cor* (1833), primeiro jornal contra o preconceito racial no Brasil, quase certo foi obra de negros congraçados em uma entidade (associação) negra ou frequentada por um bom número deles, como a Ipiranga, que contava entre seus sócios Francisco de Paula Brito, proprietário da Tipografia Fluminense de Brito & Cia., que o editou. Em São Paulo, o jornal *A Pátria — Órgão dos homens de cor*, de 1890, provavelmente foi viabilizado pelo esforço de negros associados em entidade com o mesmo nome, como aconteceu posteriormente com *O Propugnador*, de 1907, órgão da Sociedade Propugnadora 13 de Maio, "que tinha entre seus objetivos a criação de aulas primárias diurnas e noturnas para seus associados" (Heloisa de Faria Cruz, *São Paulo em papel e tinta*: periodismo e vida urbana — 1890-1915. São Paulo: Imprensa Oficial do Estado, 2000, p. 129.) A partir dos primeiros decênios do século xx foram criadas dezenas de associações de negros, entre elas a Frente Negra Brasileira, de 1931, que alcançou repercussão nacional, e o Grêmio KWY — São Paulo, criado em 1938, citado em nosso ensaio *Lino Guedes — seu tempo e seu perfil*, por motivo de ter o Poeta como seu orador oficial.

2. Mário de Andrade, poeta, romancista, musicólogo, folclorista nascido em São Paulo, em 1897, e na mesma cidade falecido, em 1945. *Modinhas im-*

periais é uma das suas valiosas pesquisas no campo da música brasileira. No contexto da frase, Demétrio, mulato, inclui Mário racialmente como um dos seus. Mário se definia, em assunto de epiderme, como "de cor duvidosa", e era visto ora como branco, ora como negro, conforme as circunstâncias ou o desafeto que enfrentava.

3. O cientista alemão Fritz Müller, tendo chegado ao Brasil em viagem de estudos, radicou-se em Santa Catarina nos anos 1870. Lecionou duas matérias no Ateneu Provincial, em Desterro, antiga capital da Província, e teve Cruz e Sousa como um dos seus alunos prediletos. O trecho de carta lembrado por dr. Otávio, embora biógrafos do poeta duvidem que se dirigia mesmo ao jovem Cruz e Sousa, é apto a atestar, no entanto, a admiração de Müller ao ver o talento e o brilho intelectual do futuro autor de *Broquéis*.

NIGER [pp. 48-51]

1. Bonequinha do Café foi um concurso de beleza dos anos 1970, para eleger a mais bela mulher negra. Era promovido anualmente pelo Clube 220, fundado e presidido pelo funcionário público Frederico Penteado Jr., que o realizou até 1978, ano de sua morte. Muito conhecido pelos bailes e comemorações chiques que promovia, deveu-se a Frederico Penteado Jr. a proposta à Câmara Municipal de São Paulo de erguer o monumento à Mãe Preta no largo do Paissandu, atrás da Igreja de Nossa Senhora do Rosário dos Homens Pretos.

2. A *Voz da Raça* foi um jornal pertencente ao que se chama hoje *Imprensa Negra*, cujos primórdios remontam a 1833, quando saiu pela Tipografia Fluminense, de Paula Brito, a publicação *O homem de cor*, mudado no terceiro número para *O Mulato ou O Homem de Cor*. Até 1986, podiam ser contadas no país perto de oitenta publicações sob a epígrafe de Imprensa Negra.

3. Comemorou-se o Dia da Mãe Preta durante muitos anos na coletividade negra paulistana, lembrando o decreto da Lei do Ventre Livre, promulgada em 28 de setembro de 1871. Prova do prestígio da data são os artigos e poemas a respeito que saíam na Imprensa Negra, como *Mãe Preta*, de Cassiano Ricardo, publicado em *A Voz da Raça*, de 1937, e o monumento que, nos anos 1970, foi erguido no largo do Paissandu.

4. Filho de imigrantes árabes, Ibrahim Sued nasceu no Rio de Janeiro, em 1924. Conheceu a pobreza quando pequeno, tendo na juventude morado em

quartos de pensão e trabalhado modestamente no comércio. Graças ao talento como fotógrafo e ao esforço pessoal, ganhou nome e, já como colunista social, amizades várias e decisivas com personalidades como Carlos Niemeyer, Sérgio Porto, João Maria de Orleans e Bragança, Jorginho Guinle e tantas outras. Programa seu que deixou memória, entre uma dezena de outros, foi *Ibrahim Sued e Gente Bem*, no final dos anos 1950. Faleceu no Rio de Janeiro, em 1995.

NEGRÍCIA [pp. 52-60]

1. José da Rocha Piedade nasceu no Rio de Janeiro, em 1920, e faleceu na mesma cidade, em 1978. Sucessos dele — além do samba "Navio negreiro", feito em parceria com Sá Roris e Alcyr Píres Vermelho — são a marcha "Alô, boy" (com Kid Pepe e Homero Ferreira), "Canta, meu pandeiro" (com J. B. de Carvalho), "Tudo acabado" (com Osvaldo Martins) e "A mulher do padeiro" (com Germano Augusto e Nicola Bruni).

2. "Ponta da praia": foi assim que jovens negros, na década de 1970, começaram a chamar um trecho da calçada que fica na rua Formosa, terminando na avenida São João, pouco antes de se atingir a rua Líbero Badaró. Ali, como já se dera em outros logradouros de São Paulo, negros, a maioria jovens, demarcaram por algum tempo seu território para encontros ao cair da noite.

3. "*Mesmo que voltem as costas/ às minhas palavras de fogo,/ não pararei de gritar, não pararei,/ não pararei de gritar*". Os versos são do início de *Protesto*, de Carlos de Assumpção, poeta nascido em Tietê (SP), em 23 de maio de 1927. *Protesto* foi publicado pela série Cultura Negra, da Associação Cultural do Negro, em 1958, mas Sérgio Milliet já havia anteriormente citado o poema em conferência realizada na Biblioteca Municipal. A fortuna de *Protesto* é excepcional. Tornou-se, podemos dizer, o poema forte escrito por poeta negro, em São Paulo.

POR QUE FUI AO BENEDITO CORVO [pp. 61-7]

1. *Como tornar-se um homem gigante* é uma novela de reflexão do livreiro ambulante Oscar Simões, assinado com o pseudônimo Ria Cosmesso (anagrama do seu nome). Publicou também *O farol do diabo e Efemeridiolândia*.

FAMÍLIA [pp. 89-94]

1. Raquel Trindade era filha de Solano Trindade, "o poeta do povo". Nos anos 1990, assinou sua pintura acrescentando a seu nome o aposto A Kambinda. Professora de dança afro na Unicamp por algum tempo, dedicou-se também a ministrar palestras e cursos sobre religiosidade negra. Raquel nasceu em 1936 no Recife (PE) e faleceu em 2018 em Embu das Artes (SP).

2. Fundada em 1954, em São Paulo, a Associação Cultural do Negro foi, entre uma dezena de outras associações do gênero, a mais influente e respeitada. Abrigou militantes antigos da Imprensa Negra, como José Correia Leite, Jayme Aguiar, Henrique Cunha, além de intelectuais mais novos, como o crítico e cronista Fernando Góes, o poeta Carlos de Assumpção, autor do poema *Protesto*, divulgadíssimo no meio negro, Solano Trindade, "poeta do povo". Entre intelectuais não negros que lá se encontravam devem ser lembrados Florestan Fernandes, Henrique L. Alves, a poetisa Colombina (Yde Schloenbach Blumenstein), Afonso Schmidt, autor de *A Marcha*, romance sobre a Abolição, o historiador literário Nestor Gonçalves. Encerrou suas atividades em 1964.

3. "*Eu já estou vendo/ sábios negros se exaltando/ em pró da graça falando/ A África seus grilhões está quebrando/ o que é nosso vai se conquistando [...]/ A África está se libertando/ A África está se libertando.*" Excerto de poema de Bélsiva (Benedicto Lourenço da Silva), nascido em Aparecida do Norte em 8 de janeiro de 1911 e falecido em 1976. Publicou em 1973 o livro de poemas *Lamentos, só lamentos*.... Bélsiva foi também declamador de reais méritos.

NEGRITUDE [pp. 106-9]

1. Ativista dos mais importantes pró-negro no Brasil, Abdias Nascimento nasceu em Franca (SP), no dia 14 de março de 1914. A partir dos 15 anos, passou a viver em São Paulo, onde frequentou a Frente Negra Brasileira. Em 1936, mudou-se para o Rio de Janeiro e lá fundou, em 1945, o Teatro Experimental do Negro. Foi deputado e senador, tendo sempre em mira questões não resolvidas ligadas ao elemento negro no país. Poeta, teatrólogo (é dele o imprescindível *Dramas para negros e prólogo para brancos*), também pintor. Faleceu no Rio de Janeiro no dia 23 de maio de 2011.

EH, DAMIÃO! [pp. 121-5]

1. Ex-pugilista norte-americano, Cassius Marcellus Clay Jr., nascido em Louisville, em 17 de janeiro de 1942, é considerado um dos maiores personagens do esporte mundial. Para impactar sua luta contra o racismo norte-americano e salientar sua desavença contra a sociedade branca da época, adotou o nome Muhammad Ali-Haj. Foi grande sua influência sobre negros jovens brasileiros durante o tempo de sua evidência, que seguiu até meados dos anos 1970. Faleceu em 3 de junho de 2016 no Arizona, Estados Unidos.

PLEBEIA [pp. 126-38]

1. Tihamér Tóth foi um sacerdote e escritor católico húngaro nascido em 14 de janeiro de 1889 e falecido em 5 de maio de 1939. Escreveu numerosos ensaios com vistas à juventude, muitos deles autênticos êxitos editoriais, com perto de vinte traduções. Além de *O jovem de caráter*, entre seus livros contam-se *Pureza e formosura*, *Como educar a juventude*, *Creio em Deus*.

ESTA OBRA FOI COMPOSTA EM ELECTRA PELO ACQUA ESTÚDIO E IMPRESSA
PELA LIS GRÁFICA EM OFSETE SOBRE PAPEL PÓLEN BOLD DA SUZANO S.A.
PARA A EDITORA SCHWARCZ EM SETEMBRO DE 2021

A marca FSC® é a garantia de que a madeira utilizada na fabricação do papel deste livro provém de florestas que foram gerenciadas de maneira ambientalmente correta, socialmente justa e economicamente viável, além de outras fontes de origem controlada.